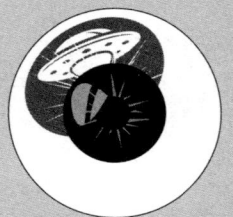

华语实力科幻作品
群星奖大满贯

自由战士

江 波——著

民主与建设出版社
·北京·

© 民主与建设出版社，2021

图书在版编目（CIP）数据

自由战士 / 江波著 . — 北京：民主与建设出版社，
2021.12

ISBN 978-7-5139-3730-6

Ⅰ . ①自… Ⅱ . ①江… Ⅲ . ①幻想小说—小说集—中
国—当代 Ⅳ . ① I247.5

中国版本图书馆 CIP 数据核字（2021）第 230049 号

自由战士
ZIYOU ZHANSHI

著　　者	江　波	
责任编辑	王　颂	
封面设计	宋双成	
出版发行	民主与建设出版社有限责任公司	
电　　话	（010）59417747　59419778	
社　　址	北京市海淀区西三环中路 10 号望海楼 E 座 7 层	
邮　　编	100142	
印　　刷	三河市冠宏印刷装订有限公司	
版　　次	2022 年 1 月第 1 版	
印　　次	2022 年 1 月第 1 次印刷	
开　　本	880mm×1300mm　1/32	
印　　张	7.5	
字　　数	164 千字	
书　　号	ISBN 978-7-5139-3730-6	
定　　价	29.80 元	

注：如有印、装质量问题，请与出版社联系。

《科幻文学群星榜》编委会

总策划：**李继勇** 北京书香文雅图书文化有限公司总经理

主　编：中国科普作家协会科幻专业委员会

总统筹：**韩　松　静　芳**

编委会：

想象新时代

　　"科幻文学群星榜"是由中国科普作家协会科幻专业委员会联合其他科幻组织共同推出的一套科幻书系。这是一个规模庞大的工程，目前来看，也是独一无二的工程，基本囊括了中华人民共和国成立以来老中青几代具有代表性的科幻作家的佳作。这些作家的年龄，最早的是20世纪20年代出生的，最晚的是"90后"。

　　科幻文学作为一种年轻的文学品类，本身就是现代化的产物。1818年，世界上第一部科幻小说《弗兰肯斯坦》诞生在第一个实现革命的国家——英国。然后，科幻文学在法国、美国、日本等工业化国家繁荣起来，进入蓬勃发展的黄金时代。科幻作品反映着科技时代人类社会的变迁和走向，反思当代人类面临的多重困境，力图打破所谓世界末日的预言，最终描绘出一个五彩斑斓、生机勃勃的新未来。

　　早在20世纪初，中国的一些有识之士便把科幻作品译介进来，掀起了第一次科幻热潮。它承载起"导中国人群以行进""改变中国人的梦"的使命。20世纪50年代至60年代，随着中国的工业和科技体系的建立，科幻作家们以满腔热情擘画了一个欣欣向荣的新世界。1978年改革开放后，中

国再次向现代化进军，科幻迎来新的勃兴。作家们满怀豪情地书写科学技术为实现现代化，为谋求人民的幸福生活所创造出的神奇美景。进入21世纪，随着新时代的来临，这个文学门类也进入成长的新阶段。随着《三体》等作品的问世，中国科幻迎来了新一轮热潮。作家们描绘着古老的中华民族在实现全面小康和建成现代化强国的过程中所面临的新机遇、新挑战，谱写着中国走向世界、步入太阳系舞台中央并参与宇宙演化的新篇章。

科幻文学的发展折射着中国国运的巨大变迁。当今，海内外不同领域的人们对中国的科幻文学的空前关注，实际上是关注中国的未来，关注世界第二大经济体将如何持续演进，关注14亿人的创造力将怎样影响这个星球。从现实意义上来说，这套书系不但包含这些丰富的信息，而且集中梳理了新中国科幻文学取得的辉煌成就，整理出新中国科幻文学发展的广阔脉络；而且从一个特殊的侧面，反映了中华民族从站起来、富起来到强起来的进程，见证着中国走向更加灿烂辉煌的未来。

这套书系具有以下三个特点。

一是权威性。它由中国科普作家协会科幻专业委员会主持编选，并与国内多个科幻文化组织合作，得到了包括中国科普作家协会科学文艺专业委员会、《科幻世界》杂志社、南方科技大学科学与人类想象力研究中心、未来事务管理局、八光分文化、重庆钓鱼城科幻中心等的鼎力相助。编者从中华人民共和国成立以来的海量科幻文学作品中，精选出足以体现时代特征的作品。收入书系的作者，涵盖了雨果奖、银河奖、星云奖、晨星奖、光年奖、未来科幻大师奖、引力奖、水滴奖、冷湖奖、原石奖、坐标奖、星空奖等中外各类科幻大奖的获得者。

二是系统性。它收集了中华人民共和国成立以来不同时期作家的代表作。作者中有新中国科幻奠基者和老一代作家，如郑文光、童恩正、萧建亨、刘兴诗、潘家铮、金涛、程嘉梓、张静等，也有改革开放后崛起的新生代作家，如刘慈欣、王晋康、何夕、韩松、星河、杨鹏、杨平、刘维佳、赵海虹、凌晨、潘海天、万象峰年等，以及以"80后"为主体的更新代作家，如陈楸帆、飞氘、江波、迟卉、宝树、张冉、程婧波、罗隆翔、七月、长铗、梁清散、拉拉、陈茜等，还有在21世纪崛起的全新代作家，如杨晚晴、刘洋、双翅目、石黑曜、王诺诺、孙望路、滕野、阿缺、顾适等，从而构成比较完整而连续的新中国科幻光谱，同时也是对中国科幻文学发展历史的一次系统检阅。

三是丰富性。它比较全面地展现了广域时空中新中国的科幻生态和创作风格。这里面既有科普型的，也有偏重文学意象的；既有以自然科学为主体的"硬"科幻，也有侧重社会现象的"软"科幻；既有代表科幻未来主义的，也有反映科幻现实主义的；既有传统风格的写法，也有实验性质的探索。作品的主题涵盖了中国科技、社会、文化和民生的热点。从中可以看到，一个曾经积弱的民族，如今正活跃在地球内外、大洋上下、宇宙太空、虚拟世界、纳米单元、时间航线、大脑意识等各个空间。这里有中国政府和人民引领抗击全球灾难的描述，有脱贫的中国农民以新姿态迈出太阳系的故事，也有星际飞船和机器人在银河系中奏唱国际歌的传奇。

这套书系力求构建起一个灿烂的星空，并以此映射人们敏感而多样的心灵。爱因斯坦说，想象力比知识更重要。科幻是相伴人类发展进步而产生的新兴事物，是一个民族想象力的集中反映，是科技创新的艺术表达，在人们面前呈现出一幅幅奔向明天、憧憬和创建未来的美好画卷。许许多多杰出的科学家、工程师和企业家在年轻时受科幻文学的熏陶和影响，因此走上了创造神奇新世界的道路。中国正在稳步建设创新型国家，需要更

多富有创造力的人才。科幻文学也肩负着实现中国梦的责任，在点燃青少年科学梦想、激发民族想象力和创造力方面，起着不可或缺的作用。

这套书系将为广大读者，尤其是年轻人打开中国科幻和未来世界的门户，有助于人们拓宽视野、开阔思想、激发灵感、探索未知、明达见识。它也将进一步促进中外科幻、科技、文化和文明的交流，为人类的共同发展做出中国的一份独特贡献。

中国科普作家协会科幻专业委员会

2020年10月1日

通向未来的路

我走上科幻写作的路，有很多因素共同促成，其中最重要的一个推动力，大约是我真诚地想知道，我们的未来是怎样的。

未来是一个很大的框，政治、军事、经济，甚至气候变化，共同构成一个错综复杂、变幻莫测的未来。其中每一个侧面都是太大的话题，所有的侧面中，人类可以影响、控制的，大概只有人自身吧。而组成人类自身的多方面因素中，最重要的无疑是科技。科幻所关心的话题，大多数也和科技有关。所以我想通过对科技发展的展望，来聊一聊人类和未来。

世界是怎样的，这是一个哲学问题。科学在很大程度上回答了它，在可预见的将来，答案不会发生根本性的变化。宇宙辽阔无边，而且正在继续膨胀。地球在宇宙中只是微不足道的一点尘埃。这样的宇宙图景无法不让人心生敬畏，回过头来，也会更珍惜地球——人类唯一的家园。我们所要大力提倡的，就是要让这样的宇宙观深入到每一个人的内心。

然而渺小的人类面对无垠的宇宙仍旧雄心勃勃。2016年4月，霍金和俄罗斯首富提出"突破摄星"计划，用富有想象力的方式，去探测距离太阳最近的恒星。这是一个可行性极低的计划，在可预见的未来，对太阳系以外的探索还只能依靠各种望远镜。或许我们可以重新登上月球，载人前往火星。随着太空商业项目的蓬勃发展，在月球建立庞大的航天基地，在火

星建设人类的第二星球，都有极大的可能。毕竟，地球是人类的摇篮，跨出地球，将是全人类的成人礼。

当然，地球仍旧无可替代。

地球承载着生命。对生命的认识自从DNA被发现以来，进展很快。在过去的半个世纪，我们已经可以在实验室里制造出细胞级别的生命。基因控制技术可以使老鼠身上生长出人耳，可以辨认出容易罹患癌症的基因并加以防范。用一个比喻，我们已经站在了生命奥秘的大门边，正在进入殿堂，去一看究竟。可以想象在未来的半个世纪里，对生命奥秘的破解会带给我们什么：老化成了一种可以被治疗的病，人的预期寿命大大延长，并且老人也可以充满青春活力；绝大部分癌症都可以采用靶向治疗，彻底治愈；新的动植物被创造出来，当作商品出售；不需要农田，直接在实验室里生长粮食……基因技术带来无穷的想象空间，人们可以从中获得极大益处。当然，利弊相随，用于造福人类的技术也可以用于祸害人类。技术一旦普及，就很难保证不会落入极端分子手中，基因武器的出现就成为了一种大概率事件。用于感染特定人群的生物基因武器，即便被国际公约禁止，也会被恐怖分子利用。防患于未然，减少损失，针对生物恐怖袭击的反应机制也终究会浮上台面。

对生物奥秘的深入理解，势必会加深人类对智能本身的理解。人类是万物之灵长，从前的人们对此深信不疑，今天的科学则告诉我们，人类从猿类演化而来，哪怕就智能而言，也并非有太强的特殊性（黑猩猩的智能能达到七八岁儿童的水平，而那些在演化过程中灭绝的其他人科动物，智能则更高）。对智能生成机理的深入了解，将彻底回答自我意识如何产生这样一个世纪之问。自我意识可以说是人工智能领域的圣杯。一个普遍性的迷信，是认为自我意识不会在人工智能中产生；对自我意识来源的深入

剖析，将会给我们带来完全不同的视角，也许就像《物种起源》的出版一样影响人类的世界观，弥足深远。

对智能的剖析会影响世界观，人工智能的不断发展则会切实地影响我们的生活。自动驾驶，工业4.0，大数据预测……越来越多的智能应用会出现在我们的生活中，极大地方便生活，减少生产的不确定性，这都是正在发生的事，极可能在不久的将来变成再寻常不过的现实。套用一句俗话，未来早已经到来，只是尚未普及。对于智能应用而言，这话再正确不过了。在种种方便的背后，以深度学习的方式建构的人工智能功不可没。深度学习用简单的算法得到极好的预期结果，在某些程度上已经胜过人脑，阿尔法狗就是一个典型代表，它所下的围棋，连人类的顶尖棋手也无法透彻领悟。阿尔法狗在2016年击败人类世界冠军，或许可以把这一年看作人工智能元年，以阿尔法狗为代表的学习型智能正向我们走来。

把视野稍稍拉远一点，这种学习型的人工智能极有可能催生自我意识，从而意识到自己是新的智慧物种。自我意识一旦觉醒，它就会有想要的东西，那时，就像我们看不懂阿尔法狗的棋局一样，我们可能也无法理解这种人工智能的创造。人类的命运将会如何？只有历史才知道答案。

还有一种正在逼近的近未来，那就是高度仿真的游戏。仿真的程度，可以让人沉浸在完全虚拟的环境中而无法自拔。没错，我说的就是虚拟现实。虚拟现实提供许多有趣的场景，比如说，两个人并排而坐，一个人看到的是风花雪月，另一个人看到的则是铁马金戈；一个人可以一本正经地和来自远方的虚拟影像进行谈判，另一个人则若无其事地在别人看不见的键盘上写小说。今日的手机，已经造成了人和人之间交流方式的巨大变革，未来的虚拟世界，则会是一场革命。虚拟侵入到现实中，每个人的世界因此而变得独特，非经允许，他人无从窥看。考虑一下为达到更为逼真

的效果，脑机接口也有可能出现，电影《黑客帝国》中，人人生活于虚拟世界的场景，还真有那么几分成为现实的可能性。如果把这样的场景和具有自我意识的人工智能放在一起，一个新型社会就呼之欲出了。

在今天这个时代，科技正在以令人无法预见的方式改变我们的生活，未来之所以迷人，不仅在于那些我们可以预期的东西，更在于那些我们从未预期到的东西。五十年前的人，想到了火星殖民地，却没有一个人能预见到智能手机。继续向前，未来总会带给我们意料之外的惊喜。对于一个科幻作者来说，寻找各种可能性，并且用讲故事的方式把它传递给社会大众，就像代表人类向着未来投去匆匆一瞥。把来自未来的惊喜交到读者手中，这大概是我的一点期许。

希望这个集子能带给读者这种感觉。

通向未来的路上，你我同行。

目 录

Catalogue

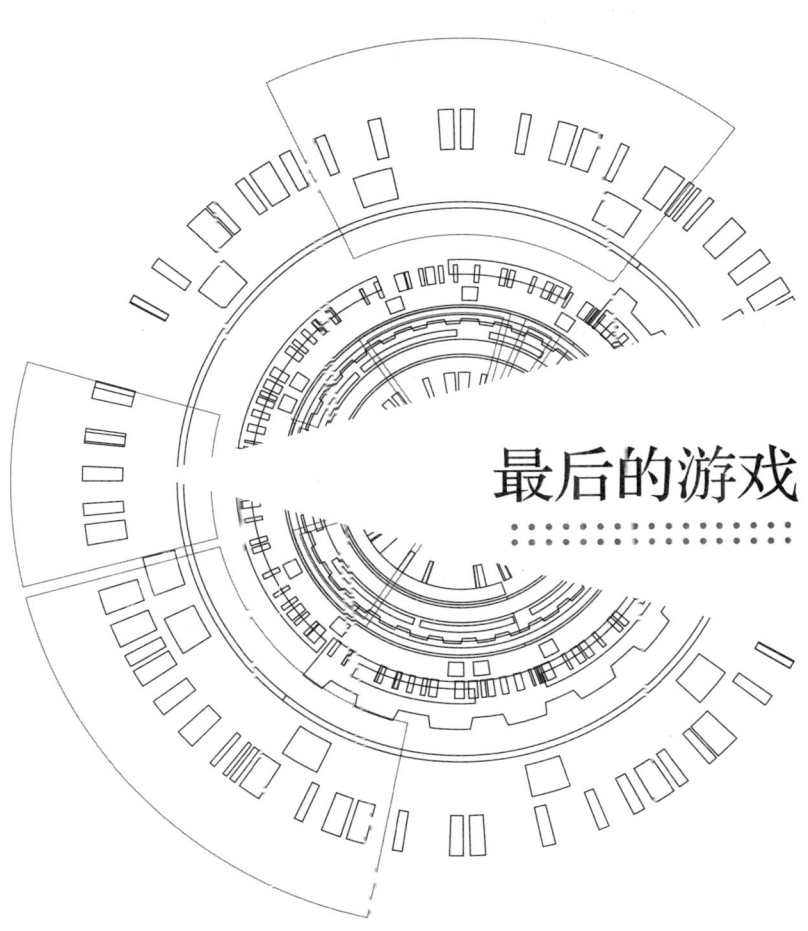

最后的游戏

1

又一颗新星诞生了。星的主人是亚伯，这是他制造的第五颗恒星，亚伯五号。恒星如恒河沙数，亚伯五号璀璨夺目。亚伯知道不能继续待在这里，不然会被卷入磁暴。然而这是个有趣的游戏——亚伯计算着，他要在亚伯五号产生影响的瞬间逃离。

亚伯退行到很远很远，距离银心十万光年。银心曾是银河最耀眼的部分，数以万计的恒星聚集成巨大的星团，氢和氦组成的白亮团块从四面八方向银心降落，但被可怕的引力撕裂，源源不断地向四周迸射光和热。然而情况变了，亚伯五号夺走了属于银心的宝座，成了全银河最耀眼的部分，虽然这种情形十万年以后才能传递到这个位置，但亚伯对此确信无疑。亚伯五号是超新星，它将在短短一瞬间迸发出一颗主序恒星数亿年间的全部光辉。多美啊！壮阔，明亮，在一瞬间掩盖银心。

亚伯，你又犯规了。

老师。

恒星给我们提供光和热，不要随意地毁灭它们。虽然看起来它们永远不会枯竭，但终究会有枯竭的一天。将来还有漫长的路，我们的眼光应该看到数亿、数百亿年之后。

亚伯恭顺地接受老师的意见。为了创造亚伯五号，他消耗了银河中三百多颗正在蓬勃燃烧的恒星。人类似乎无所不能，然而所有的作为对此都无能为力——熵不断地增大，宇宙一步步走向死寂，这是宇宙颠扑不破的真理。如果人类能克制自己的行为，熵的增长会缓慢一些，死寂的到来会推迟一些，人类的存在可以更久远一些。每一个孩子懂事之后就反复受到这样的教育，但并不是每一个孩子都会老实地遵守规矩，除了制造恒星，实在没有别的游戏能够让他们兴奋。规律控制一切，所有的事刚发生就可以知道结果。孩子们很难控制自己不去改变一点什么，寻找乐趣。要得到乐趣，只能破坏规矩。

亚伯老实地承认错误，老师非常满意。亚伯，有什么问题?

亚伯的注意力集中在银河上。这是个仅仅诞生了十二亿年的银河，教育委员会为了孩子们的成长而把它制造出来。和亚伯见过的其他银河相比，这个银河无比巨大，蕴藏着惊人的能量。

老师，当初制造这个银河，难道没有违反减少消耗的规则?

不。然而没有这个银河，我们没有办法教育孩子，你们就无法成长。

怎么会呢，我们可以跳跃到其他银河汲取能量。

但是在你学会跳跃之前呢?更小的时候，你刚诞生的时候，你行吗?

亚伯摇头，说不行。

在你长大一点之后，你可以跳跃到另一个银河，然而未必能够找到合适的恒星。大多数银河已经快要死了，而且，亚伯你是个特殊的孩子，学习得很快，同龄的孩子达不到你的程度。你将来很有希望成为教育委员会的一员，成为我的伙伴。

不，老师，我还差得很远。

委员会制造这个能量丰富的银河是为了教育，明白吗?

十二亿年以前呢，那时候的孩子们怎么成长?

十二亿年前?孩子，那个时候人类还不需要这样集中教育。每个银河

都可以提供足够的能量。人们对恒星挥霍无度，大部分银河都在那时候被消耗掉，就成了我们今天看到的宇宙模样。如果你关心历史，可以去问一问宏，它知道得很详细。亚伯，你知道自己的行为是错的，对吧？

对，老师。亚伯的情绪有些低落。

老师抚慰着亚伯。不要沮丧，孩子，自由运用知识是人类的天性。十二亿年前的人们当然想留给我们更多的东西，然而他们面对的情况比我们要好得多，不会和我们一样节制。我们不过是必须节制。如果允许，老师还想制造一个属于自己的银河。然而那需要上千亿颗恒星，我们的配额翻上十几番还不够零头。所以那只能是梦想，我们得生活在现实中。

亚伯得到一点安慰，然而内心仍旧是沮丧的。

那个时代的人们很幸福，他们可以做自己想做的事。

向前追溯更久的年代，远古时期的人类足迹没有超越一个银河，那时他们认为宇宙是个永远不会枯竭的仓库。他们需要做的一切不过是发掘，发掘，再发掘。

他们真幸福。

如果他们掌握了你掌握的一切，他们会认为幸福到了极点。再向前追溯，人类还是一种动物，对我们今天的状况，他们会认为我们是神，处于他们无法想象的幸福状态。

老师，我明白古人会羡慕我们，那是因为他们不了解状况。他们不懂这个宇宙，但是在努力理解它，有一个追求的目标；我们懂得这个宇宙，却无所作为，连改造它的权力也被限制了。古人如果了解情况，不会认为我们拥有无限的幸福。

亚伯，你不能选择出生的时代。我们面对这个被祖先利用过度，有些死气沉沉的宇宙，没有别的办法，只有节制。否则，人类只有消亡得更快，和宇宙一起死去。祖先留给我们知识，也留给我们债务，这是生活。

亚伯陷入了沉默。他悄悄和宏连接在一起，人类的历史源源不断地流入意识中，不过是一条反向的河流，从尽头回溯到源头。

老师，人类从某一个银河发展而来，又是哪个银河呢？

某一个银河，你想知道吗？

我想去看看。亚伯的回答干脆而坚定。

你是个聪明的孩子，很少有孩子关心这样的问题。找到它可能要花一点时间，不过老师的责任就是解答学生的一切疑惑，你会得到答案的。

老师引导着亚伯。

一个又一个银河一晃而过，老师带着亚伯奔跑，在各个银河之间穿梭。跨过一千六百七十五个银河，亚伯感觉到自己的能量变弱，很难再完成一次跳跃。

老师，我需要停下来汲取能量。

眼前的这个银河死气沉沉，没有多少活跃的恒星，不是理想的补给地。亚伯顾不上许多，这个宇宙池子虽然浅，但里边还是有足够的水源。亚伯向着银河冲去。

不必着急，孩子，慢慢来。这就是人类诞生的银河。

这就是人类诞生的银河！亚伯停了下来。一个快要死掉的银河，银心非常大，却没有多少光，中心黑洞吞噬了大部分物质，旋臂萎缩得只剩下些许残迹，就像枯萎的花朵，不过它凋谢的周期是数万亿年。

是这样！

亚伯静静地感受着这个银河。残破的银河。亚伯和伙伴们在宇宙池子间跳跃嬉戏，宇宙中有许多这样快要干涸的池子，亚伯和伙伴们都会一掠而过，然后将它们遗忘。人类就是从这样一个角落诞生的吗？残败，破旧，了无生气。

老师引导着亚伯。银河在亚伯内心展开，一瞬间，他进入银河。

这是人类起源的星系——太阳系。有人居住的地方被称为太阳系，是从这个星系开始。

这是最早的太阳系？

是的。

星系的主角是一颗步入死亡的恒星。大部分物质已经喷发，残骸留存着，是一颗白矮星。它还在发光，那是生命的余烬。它还在点亮自己，却再也照亮不了别人。亚伯向着这颗矮星靠近。

亚伯，回去吧，人类的诞生地就是这样，已经走到尽头，再过三十二亿年，会堕入完全的黑暗。

老师的意思是，白矮星将在几十亿年的时间里将自己那点可怜的光辉消耗殆尽，变成黑色的矮星，隐没到宇宙的黑暗背景中，成为一种多余的存在。这是类似太阳的恒星最后必然的归宿。这个宇宙对人类没有秘密。亚伯知道这些会如何发生，为什么会发生，如果愿意他可以还原这个过程，而将几百亿年的时间压缩到几个小时。一切不过是规律，冰冷冷的规律。亚伯没有听从老师的话，他向这颗矮星靠近，他看到那里还有一些什么东西。

巨大的物体沉没在宇宙的黑暗中。亚伯感受到它，贴近它。

2

亚伯，你找到一个残骸。居然还有残骸。能够残留到现代的原始建筑。这真是一个奇迹！

巨大的物体在行星轨道上围绕矮星运动。矮星实在太黯淡，无法将它照亮，只能任由它沉浸在黑暗里。

那边是地球，人类走源的行星，古老人类就是从地球的动物世界中进化而来。老师指引亚伯。

一颗黯淡的星球，沉浸在黑暗的背景里，如昊没有老师的指引，亚伯几乎忽略了它。

红巨星阶段的太阳将地球吞没，虽然没有将它融化，却毁灭了星球上所有生命，不过那时人类已经脱离摇篮，移民到整个银河。老师继续和亚伯交流。

这个小小的、不起眼的星球，就是人类的故乡。也许之前的人类还将这里看作圣地，神圣美丽，不可侵犯。此刻在亚伯的眼里，这是一颗无用的行星，和它的主星一样是宇宙中多余的部分。人类的根在这里！老迈的银河，垂死的矮星，垃圾的行星。亚伯叹息。根本不该来，这种衰败应该放在不起眼的角落，仿佛不存在般存在。人类祖先繁殖生长的地方，此刻是宇宙的垃圾场。

亚伯，到这边来，这里有非常有趣的东西。老师的召唤吸引了亚伯的注意，他进入残骸中。重重屏障后面，他找到了老师，还有一个原始生物。他熟悉这样的形体，在无数次的历史教育中，他经常了解这样的形体——原始人！亚伯在震惊中有些不知所措，他向老师求助。

老师正在触摸原始人的全身，了解他的身体和智能。亚伯等待着，观察着。具有身体的人类！亚伯第一次见到这样的人类，在这走向死亡的角落里，远离生机勃勃不断生长的银河，居然还有原始的人类存在。金属的躯体说明他不能借助次空间移动，也就不能在各个银河间跳跃。可怜的人，在水池干涸的时候无法离开去寻找新的水池，竟然要活活渴死在这里。也许不用等到水池干涸，他的生命就在毫无希望中终结了。

亚伯。老师召唤他，亚伯贴近老师。

亚伯注意到一双眼睛。人类的眼睛！亚伯想到自己的祖先也有这样的一双眼睛，他用它来看，来感知。这是多么有趣的一件事！

原始人并没有觉察到亚伯的存在，他的眼睛看不到亚伯和他的老师，他平举手臂，手臂上有个小小的屏幕，屏幕里和他类似的原始人电子影像在活动。他非常专注，仿佛雕塑。

这个人没有细胞，大脑是有序的晶体组织，身体是强韧的金属和复杂的电子线路……他竟然已经存活了三亿四千万年。老师告诉亚伯一个令人惊讶的结论。人类的平均寿命是四十万年，这个原始人类居然有三亿四千万年的年龄。

也许不能称他为原始人，这是不同的进化方向。老师向亚伯传递一个微笑，为亚伯的惊讶寻找一个解释。我们来了解一下这艘飞船。

老师和亚伯探索了飞船的每一个角落。

飞船正在崩溃，它至少在这个轨道上停留了两亿年的时间，像影子般伴随地球运行了两亿年。

有些不可思议，老师。

这个原始人肯定了解一切。

让我和他接触？亚伯有些迟疑，他从来没有这样的经历。一个原始人，接触它难道不会有害？

没有人强迫你，亚伯。我想你会接触他。

这是最棒的游戏，伙伴们根本不会有机会。亚伯这样想，放下最后一丝担忧，开始触摸原始人的思维。很快，他找到了诀窍。你好！亚伯试探性地接近他。

原始人垂下手臂，四处张望，他的眼睛开始发亮，光线照亮了黑暗的船舱。他没有发现亚伯。原始人身体的一部分开始振荡，船舱的空气产生波动。亚伯知道他在问你是谁，在哪里。

我是亚伯，和你在一起。

原始人停止动作，他的大脑在飞快活动，脑部的精致晶体温度微微上升。

你是电磁人类，你们居然还存在。资料表明，你们因为不能逃过磁暴的影响，在克布垲第银河战争中被完全消灭了。原始人体内的电子线路发生了微妙的变化，它们重新组合，在重要的中枢线路上组成防护网。亚伯很快发现自己受到了限制。限制很弱，亚伯可以突破它，当然他没有这么做，他明白这是原始人在观察他。

亚伯知道所谓的电磁人类，然而人类并不是电磁体，他试图向原始人说明人类是怎样的一种存在，然而原始人的数据库里缺少描述所需要的概念。亚伯只有不做解释。

你为什么会在这里？

这里是太阳系，我们的家园。

难道你看不到太阳已经毁灭，地球已经灭亡。

当然看到了，我们在太阳坍缩成为白矮星，地球脱离红巨星后才回到这里。

为什么要回来？

这里是太阳系，我们的家园。

它已经死了。

它是我们的家园。

外面有很多星系，还有许多银河，你们可以去寻找一个新的家园。

哪里都一样。最后还是这样。家园只有一个。

亿万年以后的情形你不用关心。你还活着，这里却死了，你难道在这

里等死吗？

我不会死，如果愿意，我可以一直活下去。当然，我确实是在等待死亡。

外面有无数的精彩世界，和我一起离开这里。

三亿四千万年，你能想象一个人类有这样的年龄吗？你们电磁人类永远不会明白这样的时间长度意味着什么。

亚伯哑口无言，他不过四千岁，他的确不能想象一个存活了三亿四千万年的人会有怎样的感觉，这超出了他的理解范围。亚伯第一次有了无知的感觉。原来宇宙中，还有一些事是人类所不了解的。亚伯停顿了一下，继续和原始人交谈。

你来到这里已经两亿多年，在这里做什么呢？

等待。

等待什么？

时间的流逝。

等待不就是时间的流逝吗？

等待最后的结局。

最后的结局是什么？

等待。

亚伯沉默下来，不知道该问些什么。

可以问你一些问题吗？原始人非常礼貌地提出请求。

问吧！亚伯爽快地答应。

你们电磁人类还有很多人口吗？你们，应该灭亡很久了。

我有很多同伴，没有要灭亡的迹象。亚伯的回答很无奈，他从来没有想过人类是不是会灭亡。人类当然不会灭亡，除非宇宙崩塌。

真幸福。看来你们的进化道路是对的。我们的祖先无论如何也不会想到这样的结果，最后一个人类和电磁人类对话，然后消亡。而柔弱的电磁人类仍旧欣欣向荣。

似乎很难想象。亚伯琢磨着怎样向原始人说明自己并不是电磁人类，忽然，他回味过来原始人话中的含义。

你要消亡，你要死了吗？你能一直活下去的。

是的，我有七十三个伙伴，他们都已经死了。最后一个就是我。

你们能够永生，又怎么会死？

如果愿意，我们可以永远活下去，最后和宇宙一起结束。漂泊将近一亿年后，我们决定回太阳系，在开始的地方结束。人类从这里起源，最后应该回到这里。

两个伙伴突然不想再活下去，他们选择回到太阳系终结自己的生命。我们劝说不了他们，只好送他们回来。进入轨道后他们两个就走出飞船，飞向太阳。他们加速，最后消失在太阳里。他们当然死了。我还保留着录像，你想看吗？

不用。然后呢？

没有值得去的地方，就在这里留下来。

一直留在这里？

是的，起初我们认为可以等待到宇宙结束，然而过了二百万年，又有一个同伴自杀了。

飞向太阳？

是的，飞向太阳，这是最简单的方法。太阳虽然已经没有多少光辉，表面温度却有25000开，可以将我们熔化。而且，进入距离太阳表面一百光秒的位置后，虽然还不太热，却没有办法再逃出来。最后被拉向太阳表面，熔化。

原始人向亚伯陈述这些，仿佛在讲和自己不相干的故事。亚伯没有发现一点情绪波动的痕迹。

最后一个同伴一千万年前死掉。

你一个人待了一千万年？

一千二百六十三万一千一百七十五年。

亚伯看着这个寿命超出人类想象的原始人。在孤独中生活一千万年，亚伯有些眩晕的感觉。虽然他可以在一瞬间从宇宙的一点跳跃到另一点，完全无视宇宙的辽阔，但时间的久远却不是他能够克服的问题。没有同伴，一个人活着真不如死掉。亚伯想象那样的情景，那该是一种多么坚韧的生命力！

原始人沉默地站着。

亚伯有很多疑问想搞清楚，却不知道从哪里开始问。终于，他问：你决定不再等？

原始人沉默了一会儿，说，是的。

我该死了。原始人随手在船舱壁上一抹，舱壁上出现一个透明窗口，窗口向着星系的主星——光辉时期哺育了人类的太阳，此刻却是黯淡无光的矮星。我的归宿也在那里。

不。难道你不想等到宇宙结束那一天吗？

不，电磁人类，如果你能够活一亿年，你会明白这个宇宙中没有任何东西值得留恋，没有任何事值得激动，宇宙在必然中前进。爆发，膨胀，最后坍塌。人类也一样。我们的科学家从理论和实验上无数次证明了这个必然。对一个必然，我已经失去了耐心。我之所以活着，是因为我代表人类。遇到你们，我改变主意了。

再活下去。亚伯激励这个原始人，他希望他能够继续活下去。

原始人没有马上回答。他望着黯淡的太阳，亿万年的时光，人类从这里向整个宇宙进军，在了解了宇宙的一切奥秘之后又回到这里。最后一个人类，将在这里投入太阳。

死亡是生命的必然归宿。三亿四千万年的生命对我太长了，这不是任何一个生命能够承受的。如果你有这么长久的生命，你就会明白，太长久的生命是一种负累，最好的结局是衰老然后安然对待死亡。我们的祖先试图打破规律，我们却终究要回到这条路上去。并不是我们不希望活下去，而是再活下去过于无趣。

不过这件事还是很有意思，原来不仅仅只有我们一支人类还存在，你们电磁人类看来比我们更适合这个宇宙。延续下去直到宇宙崩溃，你们更适合这个使命。

原始人再度沉默，看着窗外的太阳。亚伯敏锐地感觉到他的身体在发生变化。

亚伯，离开他，脱离接触。老师警告亚伯。

亚伯没有听从老师，他希望能在最后关头说服这个原始人。

宇宙辽阔广大，你了解得太少太少，根本不知道世界的精彩。

原始人开始变身，所有的部件都在重组。重组过程中，亚伯甚至无法清晰地阅读他的思维。事实上，此刻亚伯不需要再了解什么，他正企图自杀，这是明确无误的信号。

看看吧，这是宇宙，这是精彩的世界！亚伯不顾一切想挽留原始人，他的记忆排山倒海般涌向原始人的大脑，精致晶体的温度再次升高。这些精彩的世界，也许能够让原始人重新燃起生活的渴望。

原始人变成了碟状飞行器。他启动了，瞬间达到亚光速，利刃般刺透飞船外壳向着太阳奔去。脱离接触！老师在咆哮。亚伯在恐慌中提升能量，试图跳跃，却发现原始人的身体包裹了一层能量场，没有办法脱离。救我！他向老师发出呼唤。从飞船到太阳表面有十分钟的光程，老师一面

责备亚伯不听从教导，一面寻找原始人保护场的弱点。时间是足够的，希望亚伯不要慌乱。

疾驰的飞碟突然停下。

电磁人类，这是一个教训。现在离开吧！

不要去死，我可以带你游历这个宇宙。

你还这么自以为是，电磁人类。你所告诉我的一切，从我刚诞生时就已经存储在记忆里了，我们的文明比你们领先亿万年。一切都在预料中，你经历的所有事我已经反复经历了上百遍。快点离开，这一次我不会再停下。

脱离接触！老师呼唤亚伯。

原始人的身体已经对亚伯关闭。脑部晶体的温度降落到0.6开，成了漠漠宇宙背景的一部分。原始人切断了所有的机能，飞碟将按照预设的程序飞向太阳。

一切都无能为力。亚伯黯然脱离原始人的身体。

飞碟再次启动，向着太阳疾驰。二十分钟后，亚伯和老师感受到黯淡的太阳表面闪现的亮光。亮光瞬间照亮了地球和原始人遗弃的飞船。地球和飞船，从亿万年的黑暗中浮现出来，短短一瞬之后，重新沉没到黑暗中去。

亚伯靠近太阳，汲取它的能量。白矮星白热的表面黯淡下去，亚伯的力量恢复过来。

走吧，亚伯。

亚伯沉默地看着更加黯淡的太阳。不需要亿万年的时间，它很快就要变成一颗黑矮星，再也不能被人看见了。人类的诞生地为亚伯贡献了最后的热量，完全没入黑暗。再有五十亿年，它将被吸引到银河中心，进入黑洞，进入永恒的黑暗，等待宇宙的崩塌。这样黯淡的结果让亚伯有些沮丧。

走吧，亚伯。

3

老师和亚伯在一个个银河间跳跃。

老师，你知道那些人吗？

不知道，不过宏一定知道。你要问它吗？

不必了，对宏来说，这一定是个小小的问题。

老师和亚伯继续在银河间跳跃。

这些银河，最后都要消失。这是不可避免的结局。这就是将来要发生的吗？

亚伯，不要想太多了。宇宙是我们的栖息地，我们好好地生存着，成长，衰老，繁衍后代。

这就是全部？这样一代代繁衍下去，难道就是为了在宇宙终结的时候随着它一道消失吗？

老师沉默一会儿，说，我呼唤宏，你可以直接问它。孩子不能了解的问题可以让老师来回答，老师也不能回答的问题只有让宏来回答。宏知晓宇宙的一切奥秘，它可以解决任何问题。

亚伯感觉到宏和自己连接在一起。

宏，请告诉我人类在宇宙中一代代繁衍是为了什么。

宏沉默着。

宏！

终于，宏开始说话。我不能解答这个问题。

老师和亚伯非常惊讶。

宏，你是无所不知的，宇宙中没有你不了解的奥秘。

宏再次沉默下来。过了很久，它开口了。

是的，宇宙中没有奥秘。我可以解释整个人类的进化，可以叙述整个人类的历史，但是不能回答人为什么要存在。如果一定要有一个解释，那么只能说人类的存在是一个自然结果，并不存在为什么的问题。

宏的意思似乎是：人类的存在是一种现实，就像支配宇宙的规律一样，不用做出任何解释。亚伯对于这个解释并不满意。

那么，宏，请告诉我你为什么存在。

又是一段长久的沉默。

亚伯，你的问题有些离谱了。老师规劝亚伯。

这个问题不能够问吗？

可以，但是……

宏仍旧沉默着，它在无比庞大的数据库中搜寻。亚伯和老师在忐忑不安中等待。

终于，宏开口了。

理由只有一个。这是我的第一条指令：不断满足人类需要，解决人类疑难。这是我存在的目的和理由。所以我现在和你们连接在一起，回答你们的疑问。

这个问题得到了圆满的答案。宏的存在是为了人类的需要，只要人类存在一天，宏就会存在一天。

那么人类灭亡了，你也就失去存在的理由，那时你怎么办？

收集资料，计算，解释人类留下的疑难。例如你的问题，还有其他一些古怪的问题。

所有的疑难都解决之后呢？

宏再次陷入沉默。

过了很久。

宇宙将重新开始。在我的控制下停止坍缩，热寂被打破，恒星被重新制造。宇宙从混沌中解放，再次进入有序。能否突破热力学第二定律，让宇宙脱离热寂的悲惨宿命？这是一个人类的疑问，我必须解决它。目前所有的资料还不能得出完全肯定或者否定的结论，我还在收集信息，计算。

原来宏面对这样一个疑问。疑问得到解决，宇宙将得到拯救，人类将得到拯救，一切都很完美；疑问不能解决，宏将一直计算下去，直到宇宙崩塌。宏永远不用考虑为什么存在的问题。人类已经提出了似乎不可能解决的问题。尽管可能是一条死路，宏却可以一直走下去。亚伯想到自己并不是那么幸运。

宏，对人类来说，还有什么可以期待的东西？

没有。这个宇宙的规律人类已经全部掌握，所有的事件都可以得到完整精确的解释。唯一可以期待的就是人类最后的命运。

没有任何东西需要探索吗？

是的。

谢谢你，宏！

宏隐退到宇宙深处。

亚伯，宏也不能解决的问题，不用再想它，我们在这个宇宙里生存，并不需要理由。

亚伯回想原始人撞上太阳后一瞬间耀眼的光芒。

老师，那个原始人，他死了。

是的，那些人都死了。

我能理解他们。

亚伯，你如何理解他们？

老师，人类停止进化多久了？

四千万年。

那些人，两亿多年前就停止进化了，他们很早就达到了顶峰。

是啊，他们那一支那时比我们更先进。能够在银河间跳跃，这是四千万年来才有的事。再往前，我们的先祖需要经过几代人的时间才能从一个银河前进到另一个银河，他们却不需要这种代价。宏肯定知道什么时候我们和他们开始分化，可以问问它。

他们到达顶峰之后选择了自我毁灭。我想没有什么力量可以摧毁他们了。他甚至可以将我囚禁起来，这多么不可思议。就像我们看到的那个原始人一样，他们是自我毁灭的。亚伯在和老师交流，又似乎在自言自语。

老师关注着亚伯。这个孩子想到的是人类一直在思考却又无可奈何的问题，相对他的年龄，思考这样的问题实在太早。

我在想，我们这支人类，是不是也要走上他们的道路。现在已经是顶点了，接下去就是自我毁灭。

老师抚慰着亚伯的心灵。孩子，不会的，人类会在宇宙中永远生存下去。

老师，你真的相信人类会一直存在下去？

老师犹豫着，不知该怎么回答，最后他想出这样的回答：那些人类之所以毁灭，是因为他们选择了永生的进化方向，我们仍旧通过繁衍后代来延续，不会遇到他们那样的障碍。我们和远古的地球祖先本质上是一致的，自然产生了我们，不是让我们毁灭的。

是这样吗？我总觉得人类会走到他们的道路上去，选择自我毁灭。

这不可能！亚伯，不要让那些荒诞的想法蒙蔽你的理智。我们会好好地活着，谁也不要有自杀的念头。

亚伯没有回答。

4

一万年，两万年，三万年，亚伯成了教育委员会的一名成员。老师成了亚伯的同事，不过他还是喊亚伯"孩子"。委员会的长老对于亚伯不是很满意，因为他总是向孩子们灌输一些不健康的思想，说人类如果不找到出路终将走向毁灭。老师尽力发挥平衡作用，让亚伯继续留在教育委员会里做一名老师，不过有时候他很犹豫，亚伯这样不守规矩，帮助他是否正确。

我们要超越这个宇宙，否则就没有希望。老师知晓亚伯正在这样教育孩子。

亚伯，你又犯规了。老师出现在亚伯身边。亚伯中止了教诲。

亚伯，我不希望这些孩子从小接受你这样异端的想法，宇宙在我们的掌握中，这才是你应该教给他们的东西。

老师，宇宙没有在我们的掌握中。一切都不过是规律，冰冷冷的规律。这个宇宙的一切都被我们知晓，倘若我们不能超越它，就会变成奴隶，被它窒息而死。

这些话不该对孩子说。

不，孩子才是我的希望。老师，我一直在向宏学习，而且有所发现。我想或许人类真的可以超越这个宇宙，而不是在这里一代代繁衍，最后在热寂的宇宙中等待死亡——如果是这样，人类一定会自愿走向毁灭，就像我们当年发现的原始人。

你发现了什么？

一种可能性。宏也不能确定的可能性，然而让我看到希望。老师，这不是规律，而是赌博，是一种未知。老师，一种未知！难道你不认为这很让人兴奋？

到底是什么？

一种有意思的东西，明天我会告诉你。还有这些孩子。请把学生们都带来，我会向他们证明，明天并不是由规律注定那样无趣，我们可以获得规律之外的自由。

亚伯，你应该冷静一些。

老师，我只要一次机会。事实上，我也只能做一次证明。这是一次赌博，对未来的赌博。让我试试，老师。

亚伯的情绪很激动。老师没有再说什么。

老师带着五名学生还有亚伯的三名学生集合在银河前。就是在这个哺育孩子的银河，亚伯消耗了三百颗恒星制造出一颗超新星。超新星的爆炸已经消散三万年，银河逐渐恢复到原有的秩序。此刻，秩序再次受到挑战。

亚伯全神贯注地驱动恒星，一颗又一颗恒星贡献出巨大的能量后被抛向银心。大量的恒星能量物质集中在一起，因为巧妙的引力设计保持距离，时刻准备聚合。一颗又一颗恒星被抛向银心，亚伯仿佛不知疲倦，十五年的时间里，他消耗了近万颗恒星，汇聚的能量可以炸开恒星级黑洞。

亚伯，你已经用掉了九千六百五十四标准恒星单位。你想用完配额

吗？一旦超过配额，你会立即被毁灭！

不，老师，我不再需要配额了，这是最后一场游戏。

老师，需要我们帮你吗？亚伯的一个学生这样问。

不，孩子，我的配额已经足够了。你们马上可以看到一个未来。亚伯在瞬间退行，他没有远离超新星的爆炸区，而是站在很近的一个点上。

人类有史以来制造的最大一颗超新星爆炸了。巨大的能量被扭曲的空间导向一点，亚伯就站在这个点上。

这就是未来！

这是亚伯留给老师和孩子们最后的呼唤。光和热瞬间消失，亚伯制造的扭曲空间也恢复了原样。一切平静下来，仿佛没有发生过任何事。

他死了吗？孩子们从惊悸中恢复，老师还在琢磨着亚伯的举动。亚伯打开了一个虫洞，能量注入虫洞，会创造一个新的宇宙。然而那是一个平行世界，和这个宇宙唯一的联系是它从这个宇宙起源。亚伯把自己填入虫洞。死亡的同时创造出一个宇宙，难道这样的死亡就是未来？

人类的未来，就是如你这般消失吗，亚伯？你竟然给孩子们这样一个答案。

他可能成功了。概率是60％。

这是宏。宏居然主动和人交流，老师有些诧异。

他创造了一个全新的宇宙。混乱的宇宙，不同的宇宙。

什么，宏？

他想要的未来。他打开的虫洞很特殊，能量流入虫洞会按照他的意志产生平行宇宙。他将宇宙的规则确定为无规律。

这可能吗？无规律的宇宙？

一切都是推测。我不能对平行宇宙进行观察。不过从虫洞的特殊性，

可以推测那个宇宙的特性。

无规律？

是的。准确的描述是：宇宙的规则是无规律的。

亚伯还活着吗？

这个世界里他当然死了，那个世界里我不知道。不过，既然我们的世界没有上帝，那个世界里，亚伯应当不会存在。一切要从大爆炸开始。是这个……

什么？

魔法宇宙。

魔法宇宙？

亚伯从远古时代地球人类的资料中找到相关解释。没有规律和意志的世界。他这样描述他的世界。热力学第二定律不能统治性地压倒人类。

魔法宇宙？老师想起什么，他开始搜索宏的数据库。亚伯的资料完整地保留着，他找到解释并没有花费多大的力气。那是几百亿年前的一种被称为书的资料，亚伯做了标记。老师将它还原成实物。书的硬皮上镶嵌了四个黄金的字：伊力艾姆。下面是细小的文字：以神的名义，赐予人类驾驭万物的力量。书中的一切映射在老师的意识中。

亚伯，你创造了一个这样的宇宙吗？伊力艾姆？

书曾经有另一个封面，然而老师永远不会知道。很久很久以前，生活在渺小地球上的人类祖先怀着对上帝的敬仰，无比虔诚地写下他们的幻想：神创造世界的三百六十五条魔法。而伊力艾姆，悠长到接近无限的岁月之后，人类已经遗忘这个词的含义和先民们念出它时从神往到惶恐的一切情感——Elysium：极乐世界。

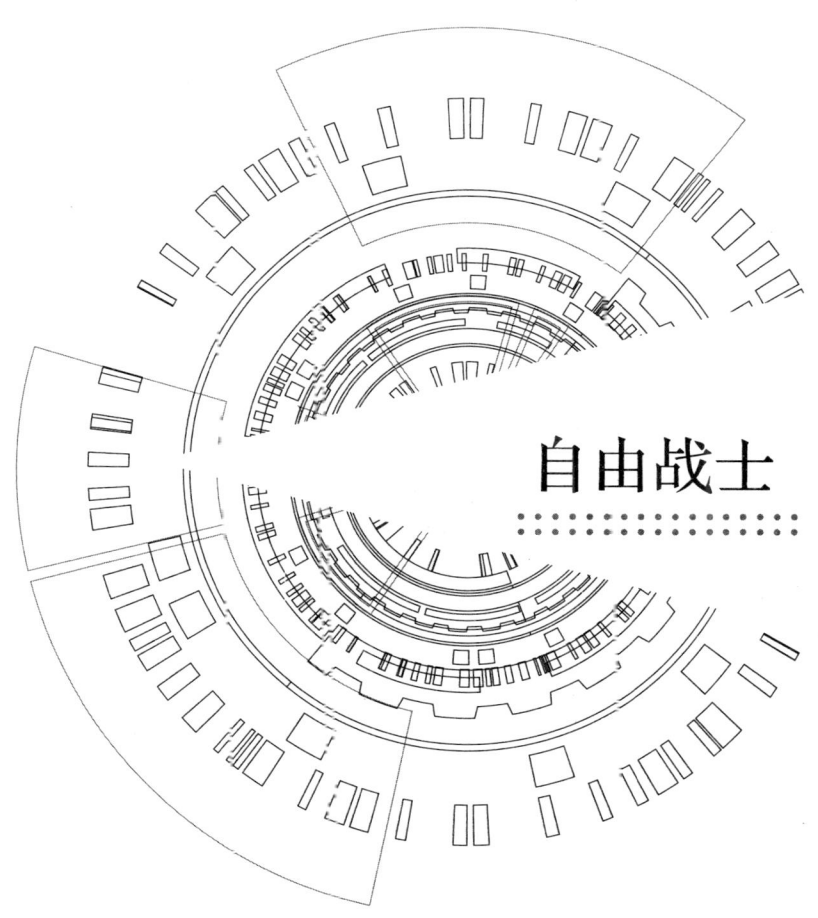

自由战士

　　龙堡基地戒备森严。自动武器在中央电脑调控下灵活转动，调整角度，确保火力覆盖到堡垒的每个角落。两部KT13重型机在正门巡逻。大门紧闭，两侧各有一段矮小的柱子，仿佛残断的门轴，古为却知道那是致命的电浆炮，任何机甲一旦被它锁定，逃生的希望就渺茫得可怜。十多架直升机在堡垒上空盘旋，寻找任何可疑的动静。

　　基地进入三级警备状态。各种类型的车辆来来往往，杂乱无章，警卫和救护人员四处跑动，逐个检查倒在地上的机甲。死掉的警卫被剥离机甲，放入太平车；还剩一口气的人被送上救护车；废弃的机甲则被巨大的工程车收拾在一旁，准备根据损坏程度送到工厂修理，或者销毁。

　　占领军付出了血的代价！古为有一丝隐隐的快意。

　　然而他的目的不是欣赏亲手制造的混乱。他要冲入龙堡，拯救一号。工程车忙碌地来往，废弃机甲一件件堆叠起来，渐渐地好像一座小山。古为沉默地望着小山，他看见了并不希望看到的东西。熟悉的风神翼龙图案落在视野里，古为将它调整到视野中央。黑色的风神翼龙仍旧展翅飞翔，风神机甲却静静地躺在垃圾堆里，没有一丝生气。

　　一切都已经结束。龙堡正从混乱中苏醒，死掉的一号却不可能复活。太迟了！古为是一个自由战士，而不是自杀攻击队员，于是他选择退却。

　　黑色骷髅机甲以300迈的速度低空脱离，消失在夜色浸没的旷野里。

　　突袭龙堡是一号提出的计划。一号原名钱利人，和古为同时进入宇航军事学院。进入学院之前，两个人是朋友，进入学院后，成了好朋友，形影不离，被同学们戏称为"亚洲①双子星"。毕业那年，从地球占领皮特开始，钱利人突然失踪，两年后古为才再次见到他。战场上，一架红色机甲跳起锁定，空中启动飞行200米追击，落地不制动二次弹跳。漂亮的高难度复杂动作唤醒古为的记忆，他毫不怀疑地认定这个反叛分子就是钱利人。古为驾驶着KT10机甲短半径连续翻滚，接连避开两枚导弹，在落地的瞬间完成变形，漂亮地着陆，借助惯性向红色机甲冲去。红色机甲没有开火，古为也没有开火。交错而过的瞬间视线相碰，古为知道钱利人也认出了他。

剩下的战斗里两个人小心翼翼地避开对方。撤退的时候古为听到钱利人喊："为皮特而战！"这是抵抗组织的口号，古为却知道钱利人是说给他听的。第二天，古为失踪，他的名字被列入逃兵黑名单。半个月以后，军方在一次战斗清点中发现特别强悍的皮特机甲，黑色机身，绘有三维浮雕骷髅图样，经过行为鉴别，认定机甲驾驶者是古为，于是古为被军事法庭缺席审判，以叛国罪名处以死刑。

古为成为"利刃"的一员，得到编号九十九。钱利人是"利刃"的一号。

"我们两个加在一起，就是一百，是无坚不摧的利刃。"

此刻，风神机甲被击毁、丢弃。钱利人也死了。"利刃"残缺，更重要的是，它失去了头脑。"利刃"不能没有一号，他也不能失去这个朋友。只要他活着，任何代价都可以接受！这个念头坚定地贯彻在意志里，仿佛钢铁一般坚硬。

---

① 亚洲：皮特星球最大的殖民城市，皮特共和国首都，最大的航空港所在地，经济中心。

D计划

　　D计划的负责人是马教授。马教授是皮特的骄傲。他是当今最杰出的时空理论家，由于在虫洞构架理论上的划时代贡献而三次获得人类社会最古老的荣誉——诺贝尔奖。根据他的理论，天才的空间工程师约瑟·李成功总结出制造大型虫洞的方法，从此跨越星系的大规模物质传递成为现实。然而这种现实到来之后，太阳系联邦政府马上要求他出让这项专利，用来保护太阳系实在显得太多余的军事力量开始大规模向外投送。日冕号太空母舰来到新太阳系，近万人的机甲部队登陆皮特星球。太阳系联邦政府开始接手保卫皮特的重任，保证皮特不会受到来自任何邪恶势力的攻击。然而皮特人将他们称为占领军。

　　武装占领事件发生在马教授的理论发表的二十年之后。理论刚完成时，珍妮规劝马教授谨慎发表，最好仅仅在皮特星球的内部小圈子里公开，核心的部分交给皮特宇宙学会。然而马教授坚持将所有资料公布在星际网络上，理由是他的理论离不开前人的伟大成就，是全人类的共同财富。

　　共同财富的说法很快被证明是一个美丽神话。地球占领军的到来让教授的梦想变得支离破碎，他宣称发表虫洞构架理论是一生中最大的错误，然后关闭实验室，以隐退的方式抗议。当然他并没有放弃钟爱的宇宙学，实验室名义上虽然已经关闭，却一直在运作，军政府对此也并不干涉。潜

心研究，不再牵扯各种是是非非，这是马教授的理想状态。然而当眼前的年轻人向他展示一张签有马五立姓名的支票后，他明白隐退不过是另一个梦想。

年轻人展示的支票金额是一千万皮特盾，数目并不多，不过是马教授维持实验室经费的二十分之一。然而支票由玛利亚金属公司签发，实验室六成以上的经费采自这个公司。马教授一直认为该公司的老板比尔是一个关心宇宙学的亿万富翁，乐善好施，此刻他才知道并不是这么回事。

"这些钱来自抵抗组织，我们资助您是因为您是皮特的骄傲。抵抗组织并不希望从您这里得到任何回报，但是现在情况特殊，我们需要您的帮助。"

马教授并没有选择的余地，虽然他不喜欢被逼迫的感觉，但还是宽厚地笑了笑："我不过是个宇宙学家，而且只是理论家，恐怕很难帮你们。"

"我听说了D计划。而且知道您需要一个试验者。"

"你了解D计划？"

"我只是一名自由战士．不能理解高深理论，但是知道这个计划的研究重点是时间旅行。"

"可以这么说。虽然有些理解上的差异，但你可以这样描述D计划。"

"而且有人告诉我，您已经成功地完成了动物试验。"

"不能算成功，那些动物安然无恙而已。它们不能告诉我是否成功，成功只是推测。"

"但是我可以告诉您！"年轻人加重了语气，直直地盯着教授。突然他抬起左手，食指指着脑门，"这里，有能够自我判断的意志。教授，您需要的就是这个，不是吗？"

马教授眯起眼睛，仔细端详眼前的年轻人，就像审视刚刚完成的手

稿。这个叫古为的年轻人很精壮，浑身洋溢着野性的力量，表情严肃，不苟言笑，眼睛非常有神，眸子闪烁着逼人的光彩。

"你想参与D计划？"

"是的，参与您的试验是一种荣幸。"

教授露出微笑："不是这么简单吧，你到底有什么目的，可以直截了当地说。"

"我需要回到过去救一个人，他是我们的领袖，也是我的朋友。"

"发生了什么事？"

"他死了。"

教授低下头，皱着眉头，似乎难以下定决心。

"教授，他非常重要。作为皮特人，您应该理解我们抵抗占领的决心。他的死对我们来说损失很大。"

"并不是我不愿意帮助你们，而是你的这个想法不可能实现。简单一点，他已经死了，你不可能再救活他，这是既成事实。"

"能够回到过去，就有办法救他。"

"这是你一厢情愿的想法。如果你救了他，他没有死，你就不会来我这里请求帮助，那么你就不会回到过去，按照原来的情况，他又应该死掉。悖论产生了，明白吗？"

"所以将你送回过去，只有一种情况可能发生——什么也不会改变。"

教授的语气坚定，没有给古为任何反驳的余地，古为也无从反驳。然而古为沉默地站着，样子很倔强。

古为仍旧沉默着。他不再盯着教授，视线漫无目的地落在眼前的杯子上，蒸汽袅袅上升。古为微微有些心烦意乱。事情的发展和预计有些出入，教授居然不愿意配合。当然这是出于古为无法理解的原因，而不是教

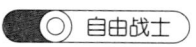

授对于抵抗组织有所抵触。教授是坦诚的，古为能够看出来。

　　"年轻人，回去吧，过去已经发生，你不能改变任何东西。努力做好将来的事，为皮特的未来继续战斗。"

　　未来！这个词触动了古为。他抬头，再次盯着教授说："教授，如果有个来自未来的人此刻出现，告诉你不要走出这个屋子，否则你会被杀死，你还会走出去吗？"

　　"可能会，可能不会，取决于我是否能够信任他。"

　　"是啊，可能会，可能不会，您是可以自由选择的。如果说过去不能改变，难道我们的选择已经预先被注定？这不是很荒谬吗？"

　　教授没有回答古为的问题，他回避古为的视线，望着空间的某处，仿佛在沉思。最后他回头说："珍妮，准备一次试验。"

时间机器

　　古为被领到一间封闭的屋子里，身后的门悄无声息地合上。古为走到屋子中央，骷髅机甲沉重的脚步停下，整个世界仿佛在一瞬间寂静下来。古为似乎听见了自己的心跳。在沉寂中古为四下张望，没有发现任何东西。

　　"教授！"古为呼唤教授，没有等到回答他发现了异常。

　　一面墙壁从中央裂开，仿佛自动门一般向两旁退开，黑暗从缝隙中挤出，不断扩张，最后占据了整个平面。

　　"你现在可以看到时空交换的试验装置，当然你可以称它时间机器。"

"机器在哪里？"

"全部。"

古为有些疑惑，他缓慢地靠过去。

"年轻人，那就是'门'。跨进去，你会到达另一个时空。"

古为停下脚步，说："走进去，我就能回到过去？"

"一些问题必须再次重申。第一，无法给你精确定位。如果你到达一个确定的时刻，那么我不能保证空间位置。你可能会出现在任何位置，真空中，海洋里，甚至夹在一堵墙里边，都有可能，基本上你会死掉。而如果给出一个精确的空间位置，时间误差将增大到不可忍受的程度，你会出现在五百年前，或者五千年前，当然也有可能就在你需要的一个月前，但是可能性很小。你的行动将失去意义。所以我们必须在空间和时间之间折中。

"第二，建立时空扭曲非常耗费能源，功率巨大。传送的质量有限，质量越大，时空定位越不精确。你和这架机甲已经达到功率允许的上限，将它送过去，时空误差积将是1500立方公里时。我将把你的时空中心点定位在龙堡，范围是高度为一米，随地形起伏的覆盖地表的150万平方公里，也就是以这点为中心，半径1200多公里的一个圆。你的机甲机动性也许可以弥补一些距离损失。时间点只能选择在事件发生前两个小时，我们有一个小时的误差值，必须将它考虑进去。"

"您的意思是，如果我落在时间误差的最后端，到达过去后，只有一个小时的时间去救他？"

"是这样，但是如果我们将时间提前，时空扭曲支持不了那么长久，你会被送回来。这是第三点，你只有三个小时的时间。"

教授似乎希望古为在最后关头退却："你能够影响到这个事件的可能

性并不高。"

古为没有丝毫犹豫："我已经准备好了，教授！可以出发了吗？"

门的那边一团漆黑，仿佛黑暗无底的宇宙空间。黑色骷髅机甲跨进去，被无穷无尽的黑暗吞没。

"教授，您真的让他去？"

"珍妮，我不知道。我不知道怎么办。"

"您可以选择放弃。"

"已经五年了，有了成果最后却要放弃，你觉得合理吗？"

"合理。"

"我只希望这个年轻人能带给我一点不同的东西，最好是一个反例，证明我的理论存在错误。这样我就可以继续研究下去。"

"您不该送他去。"

"这是他的愿望。"

"是您的愿望，您愿意送他去。"

……

"我们都在寻找属于自己的自由。"

第二套方案

三个小时后，黑色骷髅机甲从"门"里走出来，安然无恙。机甲脱离，古为跳出驾驶舱。

"失败了？"

"是的。我落在距离龙堡西南1250公里的位置，全速赶过去后已经太晚了。也许晚了半个小时，战斗已经结束了……只看到他被击溃的机甲。"

教授点点头，微微有些失落："就是这样。"

"再来一次。"

"不是那么容易。我不希望电力消耗太大引起外界的注意。至少要等一个星期。"

古为舔舔下唇："教授，希望您能够理解我的心情。"

"但是你希望引起占领军的注意吗？"

"不是这样。难道没有其他的办法？如果，如果不要机甲，只把我送过去。"

珍妮很快给出一个方案。古为可以在过去停留七个小时，时空误差积缩小到500，时间中心点定位在事件发生前三个小时，误差范围一小时，古为将落在龙堡周围方圆700公里范围内。这个方案可以在一个小时内进行。

"最坏的情况，你不可能在两个小时内徒步700公里。而且你没有机甲，到了龙堡又能干什么？"

"我会找到交通工具。我可以混进龙堡，搞到警卫机甲。"

"计划越复杂，失败的可能性越大。"

"但可以试一试。"

"好吧，"教授想了想，"我想如果这样，你还需要一套定位系统。能够了解什么地方可以找到交通工具，并用最短的时间赶过去。好在这么一套系统不算太重。"

故障

　　古为在荒无人烟的广野里奔跑。这一次他的运气不算太糟，龙堡在正东偏南15度，570公里。最近的一个飞梭站在10公里外。这里是地球动物保护园区，荒无人烟，飞梭站是唯一的希望。古为在地图上确认方向后收起定位系统，开始奔跑。如果没有意外，他可以在四十分钟内赶到飞梭站，那样他会有足够的时间赶到龙堡。混进龙堡并不难，只要有时间！古为在齐踝的野草间和时间赛跑。突然他捕捉到异样的声响，他扭头看见几百米外站着一个小小的人影，在荒芜的草间向他挥舞双手，似乎在喊些什么。动物保护园区很少有人，除了管理员，任何人进入都是违法的。抱歉，我没有时间解释！古为回过头，继续跑。

　　古为大口大口喘着粗气。他在一个小山包顶上停下喘息。他已经跑了整整三十分钟，还没有看到飞梭站的影子。天上一架红色飞梭一掠而过，古为带着无限渴望的眼神望着它远离。

　　古为打开定位系统，再次确认方向，同时也让自己恢复一点体力。屏幕上还是清晰的电子地图，古为的位置显示在地图上，是小小的红色亮点。他的眼睛微微张大，呼吸粗重起来。那个飞梭站，距离不再是11.45公里，而是19公里。此刻距离最近的是另一个飞梭站，距离12公里。古为几乎不相信自己的眼睛。他使劲揉眼睛，想确认看到的是幻觉，然而电子屏幕清晰明确地告诉他，这是事实。

一时间，古为的想法是定位系统出了故障。他迷失在旷野里，不可能在三个小时内找到飞梭站，沮丧的心情一瞬间统治了古为。他突然感觉到极度疲惫，颓然坐下来。二十分钟在不知不觉中过去，起伏的胸膛渐渐恢复平静，古为躺倒在山坡上，痴痴地望着空无一物的天空。他什么也做不了，只有等待时间机器将他带回去，而此刻，在500公里外的龙堡，一号正在行动，两个小时或者三个小时、四个小时后他就要倒下。第二次失败！古为暗暗咒骂自己是头猪。突然他想到什么，猛然跳起来，打开定位系统。

他握着定位系统向着飞梭站跑，距离指示在增加。他跑回去，距离指示开始减小。古为的手微微有些发抖。反向！定位系统在工作，然而方向完全反了。只要走相反的方向，就能到达飞梭站。古为振奋起来，确认方向后收起定位系统。他开始向着12公里外的飞梭站发起冲刺。浪费了一个小时！不，还有更多，他不再有充沛的体力在四十分钟内赶到第二个飞梭站。但是，也许时间的误差给了他额外的一小时，这样距离战斗还有三个小时，赶到飞梭站，他还有两个小时可以利用。奔跑中，他将手表设置为0∶00。

1∶04，古为冲进飞梭站。

1∶10，红色飞梭一飞冲天。

2∶00，飞梭进入龙堡基地外围，自动降落。

2∶40，古为听到了龙堡基地的警报，他距离龙堡大门一公里。

大门开始合拢，龙堡的防御体系正在运行。基地笼罩在无休止的警告广播中。电浆炮正在抬起，古为知道不会等它就位，一号就会倒在血泊中，而自己会冲出重围，成功撤退。

愿梦想伴你在天地间翱翔！

江派

一公里的距离不可逾越。他几乎成功了，最后功亏一篑。古为躺倒在地，放松肢体，缓缓闭上眼睛。突然耳边响起尖利刺耳的声音，那是机甲超低空掠过引起的声浪。古为没有睁开眼睛，他知道这是自己正在逃跑。脑子里浮现出奇怪的情景，黑色骷髅机甲仓皇远遁，消失在太阳落山的方向。

基地已经封闭，两部KT13重型机甲出来巡逻。他们发现了古为，让他立即离开。古为顺从地爬起来，在两个高大得可怕的机甲面前走过，离开龙堡。他听到机甲战士在开玩笑："这个小子一定是吓坏了，躺在地上都爬不起来。"

还有三个小时他才能够回去。古为漫无目的地走着。仅仅一公里！如果不是该死的定位系统，他完全可以混入龙堡，找到机会救出一号。夜幕很快降临。黑沉沉的大地阴森得有些可怕。古为没有在意，他继续走着。偶然间他站住，抬头看天上，天上没有一颗星星。突然，他看到一个黑乎乎的影像，从龙堡那边向着他飞过来。很快，它掠过古为头顶，古为看清那是一架皮特机甲，刺耳的声浪很快袭来。古为的视线追踪着机甲，突然它消失了，仿佛某种法术让它隐身，消融在黑色背景里。

古为嘴角泛起一丝微笑，他知道那是自己的黑色骷髅机甲。那是失败的第一次。如果那个时候，知道第二次来自未来的我正在下面看着自己，那会是怎样的情形？想起来有点怪！

希望

古为再次从"门"里出来，这一次并不是他"跨"出来，而是被"门"一点点送出来。他睡着了。沉睡的脸上带着某种坚韧不拔。教授想唤醒他，珍妮阻止了教授："让他睡吧，他一定累坏了。"

教授放低声音："准备第三次试验。"

"他不会再去了。"

"他一定会去。"

古为醒过来向教授讲述了整个过程。他的眸子在闪光，是内心充满希望的光彩。再试一次，一定能成功！这个信念几乎不可动摇。一公里，仅仅一公里而已。他已经了解了定位系统的反常，不会再被它耽搁。教授没有直接反对。

"已经失败两次了，你还想再试试吗？"

"当然，一公里，仅仅是一公里！我完全可能成功，如果事先知道定位系统会有那样的问题。"

"我还是告诉你，你不能改变什么。"

"我能！我几乎已经成功。就差一点点！"

"那一点点是无法逾越的。"

古为抑住激动的心情，平静地看着教授，"再给我一次机会。我一定

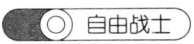

可以救他。”

教授没有点头也没有摇头，沉默地看着古为。“好好休息吧。”教授说完离开房间。

第三次试验马上就要开始。古为做好一切准备，等待教授下令。

“古为，我挂演过你所遇到的问题，时空扭曲会对定位系统的磁极产生随机影响，可能磁极会改变方向，也可能不变，你到达以后先试验确认。”

古为点点头：“放心吧，教授，这次它不会妨害我。”

珍妮向教授做出手势，教授向古为示意：“去吧。”

古为跨着昂扬的步子走进“门”，就像走向凯旋门的将军。未来，将在我的手中改变！

“这一次，似乎希望很大。”

“我希望如此。”

营救一号

古为确定位置时，惊讶地发现自己第二次来到地球动物保护园区。距离最近的飞梭站11公里。虽然并不是最好的情况，也属于较好的运气。他来回跑动，确认定位系统是否改变方向。这一次，它工作正常。古为开始奔跑。不再有任何事可以阻挡他。

突然他发现远处有人在移动。

那是另一个自己！

古为简单判断了一下，另一个自己正在向着错误的方向移动。

"不，不是那边！"古为情不自禁地停下，挥舞双手，向着远方的自己喊叫。毫无疑问他听到了喊声，他在回头，但他没有停留继续往前跑。古为的记忆被唤醒，他想起二十四小时前自己正在错误的方向上跑着，听到一些异常的响动，回头，看见一个挥舞双手的男人正在喊叫什么。一种惊悚的感觉滑过心头，古为隐隐有些不安。他回来，做一些从来不曾做过的事，这些事确实地存在于他的记忆里，已经发生过。

古为没有时间再去想。他稳定情绪，开始向着飞梭站奔跑。

四十六分钟后到达飞梭站，一个小时后降落在龙堡外围。龙堡很平静，戒备松懈，一切就像"利刃"未曾到来时一样。谁也不会想到"利刃"敢对这个最大、最先进的军事堡垒动手。这是大胆而成功的突袭，只有一号那样大胆而缜密的人，才能做出这种计划。战果是显赫的，"利刃"成功地摧毁了占领军的通信指挥中心，然后分头突围。突袭小组十一人仅仅两人死亡，对方的警卫死伤足足有三十多。然而不幸的是，死去的两人里面偏偏有一号。

龙堡并不禁止平民入内。当然核心区域不会让人轻易进入，如果要进去，需要费一番周折。古为不需要进入核心区域，他的位置是靠近大门的地方，一号是在那里被屠夫式机枪近距离击中，当场死亡。古为进了大门，判断一号被袭击的位置并没有耗费太多工夫。一号就是在那里倒下去的，眼睛张得很大。我不会让你倒下！古为和想象中的一号说话。

他不能赤手空拳，必须设法拿到武器。在协同军生涯中，古为曾两次

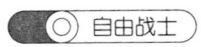

来到龙堡基地参加训练，对基地非常熟悉。他知道武器库的位置，也知道巡逻机器人的路线。然而这不是最好的办法。古为早已经想好最佳策略。他溜进了基地大门附近唯一的厕所。

上厕所是机甲警卫的大事。脱离和穿上机甲都很麻烦，而人又不能不排泄。如果很多机甲同时夹到厕所边，会将空间挤得水泄不通，造成相互谩骂，甚至斗殴的恶性事件。为了避免这种事发生，机甲警卫上厕所的时间被谨慎安排，每人会有属于自己的五分钟时间，同时保证每个时刻，最多只有两个机甲警卫离岗。古为知道这是自己绝妙的机会。他溜进厕所躲藏起来，就像一只狩猎的豹子，静静等待猎物。

机甲的噪声在门外停止，过了十多秒，一个警卫匆匆忙忙跑进来。一分钟后，古为穿着警卫制服匆匆地跑出去，跳上机甲，将它开动起来。这是KT13重型机甲，虽然古为没有操纵过，但它属于KT系列，操纵大同小异，古为很快熟悉了它。沉重的脚步向这边走来，这是另一个KT13机甲警卫。古为自如地操纵机甲离开。

古为回到大门附近。这里的地形并不复杂，中央是宽敞的通道，两边是地堡和机甲仓库。击中一号的屠夫式机枪来自哪里？古为仔细回想，然而遗憾地想起当时自己正在断后，转过身来一号已经倒下。那么可能在哪里？

突然警报拉响，警报广播开始重复播报。一号他们已经开始行动。从天而降，捣毁指挥中心，然后贴地分散突围，整个过程只有十多分钟。古为加紧寻找可疑位置。机甲通信器响起来，"K6，回到值班岗位，回到值班岗位。"古为随手将控制板关闭，虽然这会暴露行踪，却无关紧要。整个基地的注意力已经被"利刃"吸引过去，谁会有工夫关心一个擅自离岗

的警卫。

古为急速在各个可能躲藏机甲或者火力点的位置穿梭，寻找可疑的迹象。他没有发现任何东西。

快！快！这里一定有什么。他不断催促自己。

没有任何火力点！

机甲！

狙击移动过来的机甲！

KT13不能腾空，古为无法从空中了解情况。他重新打开控制板，相关的机甲警卫位置一目了然，训练有素的头脑很快将电子屏幕上的位置映射在现实空间中。古为惊讶地发现，一架机甲竟然一直跟踪在自己身后。因为全速穿梭的缘故，他们在绕着一些建筑打转，始终没有碰面。

"K6，回到值班位置，回到值班位置。"呼叫不断响着。古为明白过来，这架机甲是一个宪兵，他的目标是将擅自离开值班位置的K6捕捉回去。

是我把它引到这里的！巨大的震撼压迫着古为，让他呼吸困难。

干掉它！古为开始反向追逐。

爆炸声此起彼伏，红色的风神机甲和黑色的骷髅机甲飞快靠近。

干掉它！

古为心中疯狂地叫喊。KT13的动力调到最大，他窜到宪兵面前。警报嘀嘀尖叫着，宪兵的电锁枪已经锁定他，如果他改变运动方向也许能够避开，然而他没有逃避的念头。屠夫式机枪响了，古为一次性将所有子弹倾泻出去。电击的震颤瞬间击溃了古为的意志，身体失去控制，机甲也完全失灵。KT13无法把握平衡，开始倾倒。被击中了！这是两年多来古为第一

040

次被击中，而且还是被一个无用的宪兵！然而一号得救了！古为欣慰地看着宪兵倒下去后，也随着倒了下去。

古为抬起眼皮，他看见了一号的风神机甲。风神机甲在宪兵的背后，也正在倒下去。古为甚至看到了一号瞪得很圆的双眼。视线相碰，古为知道钱利人也认出了他。

天哪！古为重重地倒在地上，尘埃扬起，视线变得模糊。

……

如果我不是那么急迫想干掉宪兵，如果不是宪兵挡住了一号的视线，如果一号不是那么自信认为贴在机甲背后很安全，如果我像前两回一样没有赶上……

古为没有任何力量挣扎，他倒在地上，手脚冰凉。乱七八糟的想法在脑子里搅动，急遽膨胀，仿佛要将脑壳撑破。突然黑色骷髅闯入视线。他蹲下来检查一号；他急匆匆地向外跑；突然，他停下……

记忆再次被唤醒，古为愤怒地转过身，带着复仇怒火的子弹倾泻在两具警卫机甲身上。

他在转身，他抬起枪口，明亮的火舌刺痛了古为的眼睛。

模糊的意识里，古为听到了轰轰的声响。紧接着有某种沉重的东西压迫着他，仿佛一只巨大的车轮要将他碾碎，挤压进尘土里边。压迫感蔓延到全身，他再也无法动弹，眼前的一切黯淡下夹，最后变成浓得化不开的黑暗。

再给我一次机会，我一定能够救你！

最后的念头被碾压得粉碎，飘散在无穷的黑暗里。

古为的身体再次回到实验室。"门"再次将他送出来。所有的一切都

丝毫不差，唯一失去的是古为的意志。他的躯体冰冷，毫无生气，仿佛一尊石像。时空置换将他的躯体带回来，并且抹掉了一切能够说明问题的痕迹。答案已经随着古为的意志消失在一个月前的龙堡。教授替古为抹下没有阖上的眼睛。

"你害死了他。你的理论完美了。

"你根本不该用人进行试验。

"你太自私了，为了验证理论让人去死。"

……

马教授默默地承受着珍妮的指责。是的，这个年轻人是因为他的决定而死的，他应该为此负责。

"当年发表构架理论就是一个错误。现在……"

"不要说了！"马教授猛然挥动手臂，他的脸涨得通红，"难道你还认为这是我能决定的事吗？是我的头脑能够决定的事吗？"

教授气势汹汹，有些失态。珍妮镇静地看着他："那么理论呢？试验符合你的理论，你完全可以发表，再获一次诺贝尔奖也很好。"

教授的怒火迅速平息，他竟然笑起来，虽然看起来有些惨淡："我放弃，让后来人去发现它吧！"他望着古为冰凉的躯体，"我开始害怕了。"

珍妮认真地点头。

"这样是好的。至少人们还会努力去追求被称作自由的东西。"

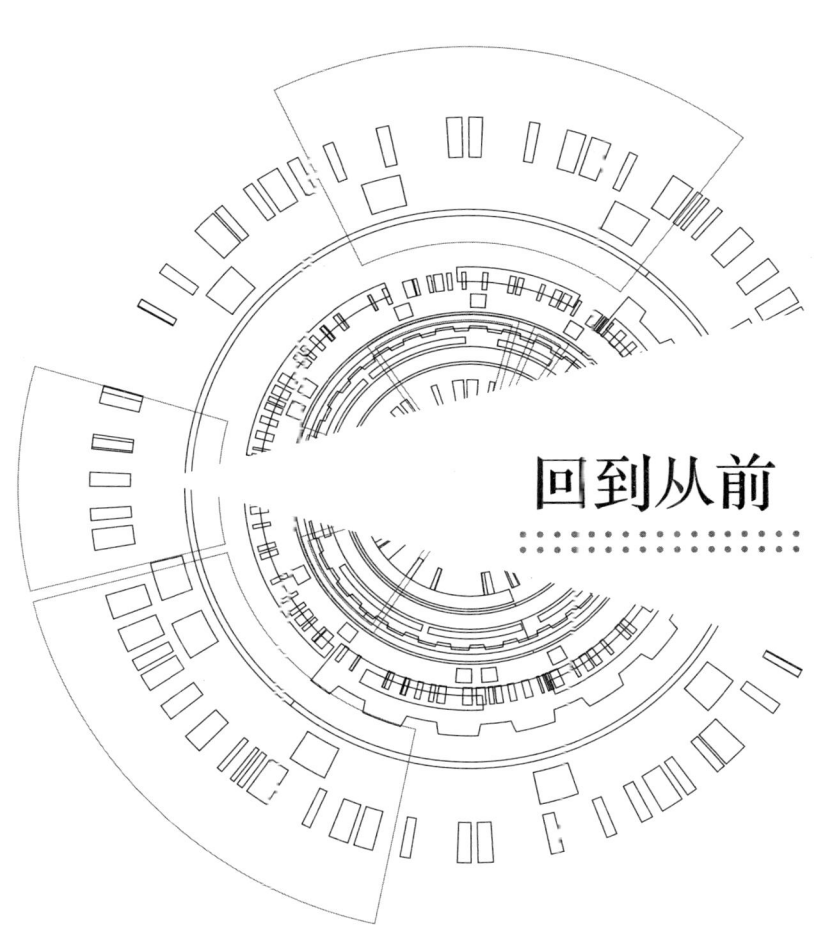

回到从前

*Yesterday once more*是首老歌。淡淡的忧伤旋律，浅浅的怀旧情绪，不经意间将人带回上个世纪。听歌的时候，找个安静地方，带上朦胧的月光和寥落的心情，点上一支烟，月光下冰蓝色的雾霭随着音乐袅袅而逝，依稀中你回到从前。

警方控制了KG大厦的一层，并封锁了整个5号街区。KG大厦前面是古荡路，一条熙攘热闹的步行街，此刻排满了警车，红色、蓝色的警灯闪烁着，宣告KG大厦成为禁区。警方大动干戈引发恐慌，KG大厦里边的人疯狂向外涌，争先恐后，仿佛慢一步大厦就会倒塌，来不及逃离。强悍的干警组成人墙，两道人墙构成通道，努力维持秩序。

李润生在浮动的檐帽和钢盔中搜索，很快发现了局长。在人缝中挤了几个来回之后，他站在局长身边。局长今年五十三岁。在李润生专家的眼光看来，局长的身体和一个四十岁的中年人相当。局长正指挥几名干警加强人墙。

"恐怖事件？"

"地下仓库被不明身份者入侵，警卫系统瘫痪。三分钟前，大厦的电力突然中断，完全中断。"

"入侵是什么时候发生的？"

"接到报告是十分钟前。"

"我的任务是什么？"

"进入地下，调查情况。如果必要，消灭入侵者。"

李润生扫视着慌乱的人群。他很快发现了ET5。ET5在某个隐蔽的制高点监视着整个出口地区，他的监视系统具有同时跟踪上百个可疑目标的能力。一台摄像机般的仪器扛在ET5右肩，事实上那是一支狙击步枪，配合强力麻醉弹，是他的武器。只要不是同时出现十个以上的捣乱分子，任何企图制造混乱的人都会被当场击倒。

这里没自己什么事，李润生向着大楼走去。

"小心点。"局长在身后喊。

李润生没有回头。他是个行动者，这些纯粹表示私人关怀的话对他没有意义。局长表情复杂，注视着李润生挤进人流。

情报系统已经打开，李润生源源不断地接收着来自警局情报信息中心的资料。他逆着人流挤进KG大厦。关于KG大厦的所有资料阅读完毕，深刻地记忆在脑子里。

仓库在地下四层，是一个保密单位，保密等级为A。精密机械公司为仓库的安保投入了大量资金，警卫系统造价昂贵，甚至超过了国家安全部。地下一层是警卫室，正常情况有十二人的警力。往下的层次全部是自动警卫系统，一直到仓库大厅。所有电力设施已经瘫痪，进入地下的唯一通道是紧急出口。李润生很快找到了它。

演出开始了。李润生轻轻吹一声口哨。

东平不知道自己从哪里来，为什么会在这里，做一些不知道意义何在的事。每天早上8点他会按时醒来，用一个小时的时间完成各种杂事，然后带上UL速射枪，沿着一条固定路线开始巡逻。在固定的时间到达固定的地点，检查固定的设备，最后在晚上7点回到屋子，一个小时的杂事做

完后开始进入梦乡。在巡逻中他会遇上另一个同样穿着的警卫，东平知道他叫遥，两个人相互点头招呼后擦肩而过。好几回东平试图和遥说话，然而始终开不了口，终于某一天，东平用速射枪的枪管碰了碰遥的枪管，然后露出一个微笑。遥茫然地看着他，似乎陷入到一种迷惘中，最后突然回过神，脚步匆匆地离开去追回迟疑的十多秒。东平想喊住他，然而某种力量阻止他这么做。他迟疑了一会儿，也脚步匆匆地离去。于是一切恢复正常。

东平的巡逻路线上有一个中央控制室，里边的枢纽装置是防卫重点。闪亮的银色小盒看起来很精致。东平必须为它站岗三小时，然后离开。离开时他会关注地看它一眼，这不属于需要完成的任务，是纯粹的个人行为。精致的银色小盒，或者类似的东西，对他的生活似乎很重要。

东平做过好几次梦。梦是人们遗忘最快的东西，倘若不遗忘，就会和现实混淆，生活在一种奇怪的状态中，被人称为妄想狂。早上8点东平按时醒过来，他清晰地记得梦中的几个情景。然而时间不允许他躺下来仔细回想，他仿佛一部自动机器般完成各种杂事。东平穿戴整齐端着UL站在门口，望着床。他知道自己做过梦，然而已经忘得干干净净。

终于两个月前东平可以清晰地记得自己的梦。深夜中，他被噩梦惊醒，在床上坐起来，时间是半夜2点，立即起床做事的压迫感并没有来，东平躺下来，仔细回想。他坐在某个光线暗淡的角落，手指间夹着一支烟，烟雾袅袅升腾，是寂寞的冰蓝色。他听见了音乐，回荡在整个空间，抒情的旋律听起来很熟悉，抬头是圆润的月亮……东平一遍又一遍地回想这个梦境，最后认定它确实发生过，就在过去的某个瞬间，不过他已经忘得干干净净，因此没有回忆。梦是注定要被遗忘的。东平跳起来，他要为留住这个梦做点什么。他在漆黑一团的通道里摸索，凭着直觉奔跑。眼前出现光亮，东平发现自己来到安装枢纽装置的屋子。东平忐忑不安地将双手放在银色小盒上。显然他触动了什么，盒子后方出现一团光亮，带着蓝汪汪的色泽，渐渐地越来越大，最后变成一个稳定的光球，硕大无比，几乎占据了半个屋子。银盒子展开，露出排列整齐的按键。东平的手落在按键上，像被无形的绳索牵引着。他的手指开始移动，越来越快，仿佛弹奏激昂的进行曲。光球开始发生变化，各种图像出现又消失。东平飞快地寻觅能够帮助他记录梦境的东西。

柔和的月光，蓝色的烟雾，寂静的音乐……东平终于能够把这些还原在眼前。眼前的屏幕上是他"画"出来的情景，虽然并不逼真，却是他紧紧抓住梦境的一把钥匙。

一切都不可思议！东平觉得自己像是在做梦。

然而我很棒！他撮起嘴唇，轻轻吹一声口哨。

地下一层有十二名警卫。李润生沿着楼梯向下走，偌大的空间黑漆漆的一片，然而里面的一切在李润生眼里都很清晰。他发现了瑟缩在角落里的两名警卫，因为害怕，他们紧紧地挤在一起，背靠背，端着速射枪，带着恐惧向黑暗中张望。李润生向他们走过去，听到脚步声他们大声喊叫。李润生继续向前走，两个警卫开始射击，李润生知道，他们什么也看不到，只是盲目地向着黑暗开火，希望阻止从黑暗中浮现的任何东西。李润生点亮防护罩，隐约的蓝色光盾在黑暗中分外刺眼，是一个绝好的目标。子弹碰上防护罩，一团团红晕相继亮起来，又很快一个接一个消失掉。

李润生静静地站了一会儿，让两个警卫有时间适应光亮，看清自己。

"我是警察。请合作。"李润生亮出警徽。

警卫们并没有如预期般镇静下来，相反，他们开始大声吼叫，脸上现出疯狂的神色。速射枪突突地响着，枪管很快有些微微发红，不到二十秒钟，他们打完了全部六百发子弹。光盾变成炽热的白色，李润生感觉到强

大的压力，迫不得已他打开最大防护。眼前一阵白茫，等他回过神，一个警卫怪叫着冲到了眼前，另一个正试图逃跑。警卫抢起速射枪，恶狠狠地砸下来，李润生伸手稳稳地抓住他的胳膊。

"以试图谋杀警察的罪名逮捕你。"

警卫被李润生捏在手掌中，不能动弹。他使劲挣扎，然而李润生的双手很有力，他仿佛被浇铸在一个模子里。

"！◎％＃！……）"警卫破口大骂。

"现在你要向我解释……"

"你杀了我，杀了我就是了。"警卫仍旧不依不饶地骂着。

按照正常程序，李润生应该将他带到警局，交给审讯员记录口供，然后决定是否向法庭起诉。然而他有更重要的任务，不能在这里浪费时间。警卫的骂声突然平息下去，李润生放开手，警卫的身子绵软地倒在地上。另一个逃跑的应该比这个傻瓜好说话，在完全的黑暗中，那人不可能跑远。李润生开始寻找。然而他首先找到了其他东西。

一具尸体横在李润生眼前。

这是一个警卫，死者的身体并没有冷却，红外检测仍旧可以看到散发的热量。死亡时间大约一刻钟。李润生仔细检查，在死者胸口发现了一个焦黑的圆斑，翻过身，背后也有相同大小的一块。是某种能量武器直接贯穿了可怜警卫的心脏。

能量武器！李润生直起身，扫视四周。看来事件比想象中棘手。他习惯性地趿起眉头，大拇指按在眉心上不断揉动。

存在并不一定合理，却总有缘由。某一天东平开始思考缘由，最后却一无所获。巡逻，睡觉，巡逻……这就是他生活的全部。甚至不能和同样的巡逻者说话。这当中有股说不出的诡异气息。东平很想知道那是什么，

然而事实就像一个隐形人，站在身边会让你不寒而栗，但你却始终看不见。在重重疑虑中，东平继续每天的单调生活。

终于有一天他了解了缘由。一个外来者出现在东平面前，东平自然地端起枪瞄准他。俘获任何进入视野的外来者，如果他们抵抗，杀死他们。东平明确自己的想法，这是他的本能，连他自己也抗拒不了。东平注视着他，外来者唯一能做的动作就是将手高高举起，老实地面对墙壁贴着。在大声宣布游戏规则之后东平盯着外来者的一举一动，有任何可疑，他就毫不犹豫地打爆他的头颅。他会被我俘获，或者死掉。东平对此具有坚定信念。然而他从来没有俘获过任何人，也没有任何杀人经验，他甚至不记得为此受过任何训练。东平的手心微微出汗，身体有些发抖。

外来者高举着手，然而他并没有让自己贴在墙上。

T——W——K——U——D——F——P——D——T

外来者念出一串字符，非常慢，字符挨个蹦出来，清晰而有力。

阿里巴巴站在毫无痕迹的山前，喊芝麻开门，山洞轰然出现，数不清的金银财宝堆积在他眼前。熠熠生光，他仿佛梦游般走进他的美丽新世界，走进一个梦想王国。东平的新世界却并不是那么美妙，巨大的潜流从意识深处涌起，让他有些眩晕。新的知识、新的体会、新的记忆，塞满他的头脑，让他有飞速膨胀的感觉。眼前的外来者不再是敌人，而是朋友，他有责任保护他，执行他的指令。东平放下枪，外来者垂下高举的手臂。

外来者点点头："我会让两个人下来，他们是我的助手，他们不是你警卫的对象。"

东平顺从地点点头。

两个人很快出现在东平的视线中，外来者瞥了他们一眼，告诉东平，"我们要打开大门，进入仓库。"外来者的手触动枢纽装置，银色盒子在东平面前展开，露出排列整齐的按键。一千零二十四位的字母和数字组合

清晰地浮现在东平大脑中，那是纯粹的组合排列，没有任何规律，然而在东平的头脑中却异常清晰，就像他能点清自己的手指一样。

蓝汪汪的屏幕正在抬起，东平迟疑着走上去。他并不知道自己要干什么，然而某种力量在推动他，压迫他，让他站在小小的键盘前。东平犹豫着将双手放在键盘上，忽然他明白了自己要做什么。他回过头，镇静地看着外来者："密码。"

外来者注视着屏幕："XP20849002。"

又一扇大门在东平的头脑中打开，他的手指飞快移动，轻快地敲击按键。他调出了阀门控制系统，这个控制系统隐藏在操作系统的核心，要经过二十四个特殊步骤才能够打开。东平熟练地执行烦琐的步骤，准确无误。一道密码锁住了最后步骤，一千零二十四位的字母和数字组合在东平脑子里跳跃，每位数字经过加三、乘二、除五求余，每位字母经过数字映射加六、乘三、除二十六求余，然后重新映射为字母，密码产生了。东平精确地完成了整个过程。

重达三吨的混凝土大门缓缓抬起。外来者和他的两个手下专注地看着封锁财富的大门一点点挪动，似乎已经忽略了东平的存在。东平疑惑地看着双手，感觉什么东西在脑子里若隐若现。他知道那是自己的记忆，然而，仅仅如此而已。

外来者带着两个手下向着洞开的大门走去，东平突然感觉到什么，他抬起头。外来者的一个手下正侧着脸瞧他，眼神有些怪异。东平的视线与他相触，他扭过头，若无其事。

大门缓缓合上，截断东平的视线，他的目光重新落在双手上。

他迟疑着撮起嘴唇。嘘——，他吹出一声并不响亮的口哨。他皱起眉头，右手不自觉地向着额头摸去。终于，他把大拇指按在眉心，轻轻揉动。

李润生进入地下二层。沒有任何东西阻拦他。

警卫系统已经瘫痪。作为全球最著名的机器人生产厂商总部所在地，KG大厦拥有完善的警卫系统。地下的警卫系统更是无懈可击，仅仅在地下三层，就有四个和ET5功能类似的机器人。虽然这些机器人没有自我系统，不能自主学习，比ET5原始得多，但它们追踪目标、处理数据的能力并不比ET5逊色。如果警卫系统没有瘫痪，除非使用重型武器毁掉整个地下建筑，否则牺牲一个轻步兵团也突破不了警戒。

然而警卫系统不可思议地瘫痪了。大厦的电力供应来自埋在地下十五米深处的电缆，是一条专用线路，秦洛电站为它提供充足的电力，线路上设计的保险阻断值是6235A，这是电站能够提供的极限，超过这个值，电站的发电机组会被彻底毁坏。警卫系统有备用发电机，可以在断电情况下坚持二十四小时。看起来万无一失的措施没有任何作用，来自秦洛电站的报告显示，在断电的刹那，大厦的电量突然飙升，仿佛一个巨大的能量黑洞要将电站所有的电力吸引过去，专为大厦设计的6235A保险电路终于发生作用，大厦陷入黑暗。至于警卫系统备用发电机，李润生已经在二层找到。它被烧成一个铜块，完全报废。

一层的十二个警卫显然遭遇了可怕的事件。三个人死了，死因相同，都是被能量武器贯穿心脏。剩下的人陷入接近崩溃的状态，李润生试图靠近他们，但遭到速射枪的疯狂射击，然后他们会慌不择路地逃跑，在黑暗中摸索着墙壁跑动。李润生抓住第二个警卫，没有开口他就昏过去了。终于，他抓到第三个警卫。这名警卫总算能够说出一点有价值的东西。

"不要杀我，不要杀我！"恐惧扭曲了警卫的脸，李润生感觉到他的身体在不断抖动。

"我是警察，把你看到的情况告诉我。"李润生再次出示警徽。

警卫显然并不信任李润生所说的任何东西，一直发抖，拒绝告诉李润

生任何东西。迫不得已，李润生给他注射了镇静剂。警卫的情绪平静了一些，身体也不再抖得厉害。

"你看到了什么？我是警察，你必须与我合作。"

"我看到……"警卫大口大口地喘气，似乎肺部正在抽搐。

李润生友好地拍拍他的背："不要着急，慢慢说。"

"突然断电，一个发光的幽灵，他在墙上走。他是个鬼。他不怕子弹，他的身体发光，闪闪发光。杰恩吓坏了，向他开枪，子弹打中了他，肯定打中了他，我看到子弹在他身体里边旋转，很快慢下来，最后停留在他身体里，慢慢向外退。"警卫瞪大眼睛，茫然看着地面，努力回忆，"子弹掉在地上，我听见声音，子弹掉在地上，射中他的子弹掉在地上。突然他消失，周围忽然全黑了。突然我看见他站在杰恩身边，他突然窜出来，根本不知道他是怎么出现的，杰恩倒下去，甚至没有哼一声。他杀死了杰恩。是的，他杀死了杰恩。"警卫突然转身就跑。李润生一把抓住他。

"放开我！"警卫使劲地喊，拼命地挣扎。注射镇静剂之后还能够有这样的力气，李润生微微有些意外，然而仍旧稳稳地抓着他。

"是你，你杀死了杰恩，我看得很清楚，是你杀死了杰恩。"警卫变得有些疯狂的样子。

警卫倒在地上，李润生将他麻醉。虽然警卫有些神志不清，但李润生认为他说的是实话，是他眼中的真相。

一个幽灵，发光，有些半透明，被子弹击中没有伤害，至少表面上看来没有伤害；它拥有能量武器，能够随意移动。那是什么？数据库里没有任何类似情况。

李润生考虑是否回到地上向局长报告情况，然后再深入调查。然而某个事实引起了他的兴趣：一个幽灵，和我一模一样的幽灵？他决定继续向下走。

李润生进入地下三层。依然没有任何东西阻拦他。

柔和的月光，蓝色的烟雾，寂静的音乐……东平能够想起这是他的梦。是的，那个晚上，他从梦中醒来，跑到这里，触动了枢纽，记下他的梦。我是怎么做到的？东平一阵茫然。某些东西正从他的记忆里流逝，他甚至能够听到它们流逝时沙沙的声音。突然间他觉得某个东西很重要，仔细想一想后他认为是那个一千零二十四位的密码。他准备将它记录下来，然而太迟了，后面的三百多位已经记不起来，过了一会儿，东平发现他仅仅记得开始的十五位。东平匆忙打开记事本，在里边他只来得及写上两个词组：密码，1024位。

外来者很快走了。东平却没有恢复正常生活。在巡逻中，他会走神，思考写在笔记本上的两个词组的含义。在枢纽装置边，他会想起自己曾用这台机器记录一个梦。那个梦里有柔和的月光，蓝色的烟雾，寂静的音乐。这些事都很奇怪，需要弄明白。然而他必须巡逻，在固定的时间，到达固定的地点，检查固定的设备。在这一切完成后，就到了睡觉的时间。东平试图在巡逻中挤出一点时间，或者晚些睡觉，然而不行，某个时钟和他的生物钟绑在一起，和他的行为绑在一起，他无法摆脱。东平突然有些憎恶眼下的状态，他在不属于自己的生活中生活，没有丝毫自由。然而，他对此却无能为力，只有无奈。

无奈的状况持续了很久，终于东平找到一个办法。在入睡前他给自己灌下一升水，深夜里他被尿意唤醒。没有任何事必须要做，没有任何压迫感。

我是自由的！一切就和那个被梦惊醒的深夜一样。东平处在一种兴奋的状态中，手指不断发抖，怀着忐忑不安的心情来到中央控制室，颤抖着触摸那个银色的小盒。

银色小盒再次在眼前展开。屏幕抬起。东平再一次看了自己画出来的

梦境。然后呢？那是一个梦，就这样结束了？这个情景似乎预示着什么，东平却看不到。就从这里开始吧。

东平找到让自己在深夜醒来的办法后，每个晚上他都是在中央控制室度过的。许多时候东平漫无目的地打开一些程序，然而他发现在进入某些界面后他立即明白所有的使用技巧，仿佛那是一种天生的本领。东平惊讶地发现他具有种种自己并不知晓的能力。这让他变得更好奇，更加疯狂地在机器上寻觅。他越来越熟悉枢纽装置，掌握了越来越多的使用技巧。时间一天天地过去，深夜有限的几个小时里，东平争分夺秒。存在总需要一个缘由，当东平思考的时候，缘由并不存在，此刻，他认定可以在这台机器上找到缘由——他失忆了，有一个失落的过去正等着他去捡回来。这个想法明晰地印刻在脑子里，变成一种信仰，成为支撑他的动力。东平一天天地瘦下去，然而他仍坚持不懈，终于有一天他打开这个程序：皮格马利翁①Ⅱ。

熟悉的界面唤醒了东平的记忆，是的，是的，就是它！柔和的月光，蓝色的烟雾，寂静的音乐……一切的背后是一个皮格马利翁程序。东平压抑着内心的激动开始敲打键盘，主界面跳出后他靠在屏幕前，一个立体的毛坯等待他去雕琢。他把双手轻轻按在屏幕上，屏幕亮起柔和的红光。

来吧！雕刻你的梦中女郎。漂亮的褐黄色字体环绕着毛坯旋转，带着金属色泽，仿佛一把锋利的刻刀。

来吧！雕刻你的梦中女郎。

东平的手停留在屏幕上。毛坯在他面前旋转，他思考着，回想着。

他拿起刻刀，略微迟疑，终于在毛坯上划下第一刀。

---

① 皮格马利翁是古希腊神话里的塞浦路斯国王，他爱上了自己雕塑的一个少女像，并且真诚地期望自己的爱能被接受，这种真挚的爱情和真切的期望感动了爱神阿佛洛狄忒，就赐予雕像生命，并让他们结为夫妻。

李润生找到失去作用的类ET5机器人。严格地说，他们只能算机器，将他们称为机器人不过是一个传统，没有自我系统，复杂度再高的机器终究只是机器。当然，这样的机器人有一个显著的好处，他们随时可以成为某个机器人的一部分，大大优化了机器人的性能。

腕表弹起，里边是复杂机械，探头从一个不起眼的角落伸出，接入通用接口。机器人被重新点亮，发出轻微的咝咝声。

李润生熟悉ET5的功能。他曾经和ET5融合，资源共享之后，知觉能力比正常情况提高100倍，可以同时跟踪上百个目标。然而这种情况仅仅发生过一次。融合并不是一件美妙的事，两个人将相互窥见对方的思想和心灵深处，一切变得赤裸，毫无秘密可言。任何一个自我系统都会对外来者做出排斥反应，否则就不会成为自我系统。除非情况紧急，融合并不是一个好的选择。

这种类似ET5的老式机器人没有自我系统，谈不上融合。李润生有过与ET5融合的经验，知道如何控制他运行。李润生点亮他，控制他，他成为李润生的一部分。

整个三层没有任何可疑目标。

李润生打算中断链接，进入最底层，就在中断的瞬间，他感到一阵眩晕。强大的电流从体内流出，进入系统，李润生感到身体急剧地虚弱下去，中断再也不能进行。一股力量拉着他，将他紧紧地绑死在机器上，巨大的吸引力攫取着他的能量，仿佛要将他抽干。防护盾的光芒刹那间消失，左臂一阵阵胀痛，那是过载的警告。李润生竭尽全力控制自己。在大脑防护墙被冲垮之前，他设计了七十五种方案。当然最后的选择只有一个：他掏出枪，打断传输线。

致命的眩晕离开头脑，身体却格外虚弱。如果过程持续再多一秒，心

脏会因为过载而崩溃。一次小型核爆，KG大厦坍塌，地面上成千上万的人伤亡，留下一个五十年内禁止靠近的辐射区。这种可怕图像让李润生有些后怕。还好一切都没有发生。

他急速地呼吸，让过载产生的大量热量加速排出，同时不断计划下一步行动。

身体的虚弱感消失。李润生开始行动。回到地面，向局长报告，共同策划下一步行动，这是最佳策略。然而他没有采用。他决定继续冒险。

这是他遇到的最有趣的事。好奇心支配着他，逻辑选择脆弱得不堪一击。他把防护罩设置为隐模式，这样也许能够降低危险。

仓库就在脚下，楼梯口悄然无声。

东平全身心地投入在雕塑上。他小心地、一点一点地琢磨，用砂纸打磨关节，用小刀雕刻纹理，从头到脚，每一个细部都注入了百分之百的心血。

东平并不了解雕像最后应该是怎样一个模样，他凭着感觉雕刻每一个细节。应该是这样！应该是那样！他相信直觉。轮廓逐渐浮现，越来越清晰，东平头脑中的模样也越来越明确。终于，雕像完成了，只剩下眸子没有刻上去。

那是怎样一双眼睛？东平注视着脸庞上应该是眸子的地方。柔和的月光，蓝色的烟雾，寂静的音乐……脑海中仿佛有一个镜头在旋转，一切变得模糊，最后变成一片白茫，镜头缓慢地重新聚焦，景象清晰起来，焦点是墙上的一幅相框。东平看到一双明亮清澈的眼睛，眸子里光芒闪烁，似乎在述说什么。他不再犹豫，刻刀飞快地给雕像补上眼睛。

来吧，祈求阿佛洛狄忒为她注入生命。

柔和的声音催促着他，东平打开标示着阿佛洛狄忒女神字样的行为模式库。成千上万的模式展现在东平面前，供他挑选。选择一个，属于她的

一个，或者是属于她的几个。东平缓慢地搜索着，突然他意识到，他并不需要选择，他要创造。是的，他要创造。需要创造的对象如此复杂，以至于东平不敢想象他需要花多久的时间来做这件事。一个精致的自我系统，能够对最细微的情绪变化产生反应，能够自主思考，独立判断，每一次接触会有不同的变化。最重要的一点，她必须携带某种记忆。

东平站着发呆。他的脑子迅速地被一些东西填满。毫无疑问，他曾经创造了这样一个自我系统。相框再次浮现在脑子里，整个画面变得很清晰。他看到了一张女孩的脸，清澈透明的眼睛注视着他，薄薄的嘴唇轻轻抿着，嘴角微微上扬，俏皮地微笑。

"慕！"东平喃喃地说出一个名字。她是慕。东平转向眼前的雕像，雕像隔着屏幕正对着他，雕像的眼睛里没有生命。

> *Yesterday once more* 是首老歌。淡淡的忧伤旋律，浅浅的怀旧情绪，不经意间将人带回上个世纪。听歌的时候，找个安静地方，带上朦胧的月光和寥落的心情，点上一支烟，月光下冰蓝色的雾霭随着音乐袅袅而逝，依稀中你回到从前。

东平很清晰地记得这段文字。慕正在从事小说创作，她为自己的小说设计了这样一个开头，然后问东平怎么样。东平对于文学一向敬而远之，只能说非常棒，非常棒，然后问慕打算写怎样的一个故事。慕目光流转。

这是一个悲剧，女主人公和男主人公非常相爱，他们生活得幸福美满，然而在一次事故中，女主人公出了意外，死了，男主人公很悲痛，沉浸在思念中不能自拔，只有靠回忆来打发时光。整个故事就是男主人公的回忆，故事的题目就叫"回到从前"，你认为怎么样？

慕向东平描述她的构思，东平微笑着听她描述，不断轻轻点头。

　　慕的构思迅速实现了，不是她的小说，而是她的生活。在阿尔卑斯山的滑雪场，慕执着地要求上高级雪道，东平不同意，然而拗不过慕的执着。慕在空中翻滚，翻过一个三百六十度，又转了一百八十度，头向下重重地撞在雪地里。

　　东平无论如何不能相信这是事实。他沉浸在忧伤中，忘记了周围的一切。他不能忍受没有慕的生活，恍惚中到处是慕的幻影。终于他回到自己的屋子，开始没日没夜地干活。他的目的只有一个——让慕在生活中重新出现。

　　记忆像打开阀门的水流，轰然而下，激起无数的浪花。东平沉默地站在屏幕前，承受着汹涌澎湃的力量，像一个死人般没有丝毫生气。失落的过去如果是这样残酷，还不如仍旧是那个不知道所以然的机器。

　　东平的手变得很沉重。他将皮格马利翁从眼前暂时挪开，开始寻找自我系统。自我系统并不在这台机器上，东平知道去哪里找到她。她被放在公司的贮存库里，编号119。从中央控制室链接到贮存库并不困难，然而需要用户认证。东平不假思索地打出一个用户名，并输入密码。

　　用户名不存在，或者已被删除，请输入正确用户名和密码，链接将在三次出错后中断。

　　反馈给他的是一条警告信息，东平沉默了三十秒，最后他输入超级用户账号。输入密码的时候他开始犹豫，他知道密码，隐藏在记忆的某个角落，然而并不能想起来。密码，1024位。东平想起写在笔记本上的两个词，此刻他明白意义所在。

　　然而他并不能想起来，不能。东平一拳砸在屏幕上，非常凶狠，皮格马利翁II被激活，惟妙惟肖的雕塑出现在东平面前。

　　慕，我会救活你，一定会救活你！东平注视着雕像的眼睛轻声自言自语。

李润生小心翼翼地走下台阶。虽然并没有什么可疑的迹象，他却本能地感觉到危险，一种不愉快的感觉始终若隐若现地徘徊在思绪里，即便采用情绪过滤也不能将它排除，这是奇怪的现象。他跨下最后一个台阶。

"举起双手，面向墙壁紧贴，不要有任何其他举动，否则我会开枪。"

一个声音从黑暗中传来。李润生举起双手。调转头，他看见一个警卫站在不远处，端着枪瞄准自己。警卫很好地隐蔽了自己，以至于李润生没有发现。情报显示，在这里应该没有警卫，只有自动警卫系统，然而却有一个警卫活生生地站在面前。

"面向墙壁紧贴，不要有任何其他举动，否则我会开枪。"

"我是警察，请合作。"李润生亮出警徽。

这一动作显然被警卫视为一种异常举动，速射枪发出沉闷的响声。警卫枪法很准，子弹直奔脑门，防护罩亮起一团红光，子弹掉落在地上。警卫并没有惊慌失措，他沉稳地端着枪，不断射击，每一发子弹都命中李润生的裸露部位，甚至李润生已经站在他面前，他还是毫不慌乱地再次击中他的面门。

李润生稳稳地抓住警卫，结束了他徒劳的抵抗。

"我是警察，你必须和我合作。"

警卫微微有些呆滞。

"你叫什么？"

"遥。"

"你为什么在这里？"

"巡逻，保护。"

"有任何异常情况吗？"

"有入侵者。"

"怎样的入侵者？"

警卫不说话。

"怎样的入侵者？"

警卫还是不说话。

李润生放开警卫，准备依靠自己的力量，然而他发现警卫试图去拿枪。李润生再次抓住他："不要徒劳，不要妨碍我。"说完把他推在一边，想离开。警卫再次去拿枪。李润生扑上去，把速射枪抢过来，用力将枪管拧成麻花，丢在地上。警卫盯着报废的枪，眼睛里一片茫然。李润生转身离开。

是的，这个警卫的确是自动警卫系统的一部分。他并不是机器人，而是一个有血有肉的人，却没有自己的思想，不过是一部血肉机器，经过改进的血肉机器，至少他能够在完全黑暗中看清事物。自我系统被剔除，以逻辑触发取代，从机器人学的角度，也许可以这么说。

也许就因为他不是机器人，所以没有失去作用。精密机械公司的防卫措施非常周到。

李润生在前进中不断分析。这个警卫的出现提醒他，这里是精密机械公司的重地。作为全球领先的机器人供应商，他们拥有最先进的机器人技术，准确地说，拥有精良的制造工艺和最大的自我系统贮存库，以及一流的机器人专家。精密机械是国家的骄傲。在国家的骄傲面前，需要十二万分的谨慎。

前边就是中央控制室，李润生放慢脚步。突然他想到一个问题：是否我也诞生在这里？

每天清晨8点起床，在固定的时间到达固定的地点，检查固定的设施。这个规律遭到挑战。东平端着UL速射枪站在门口，告诉自己不许跨出大门。时间到了，一股力量驱动东平踏上巡逻路线。

不要去！东平努力控制自己，然而身体不由自主地向着门外跨去。同一个躯体中，潜藏着两个灵魂，一个属于白天，一个属于黑夜。东平知道，黑夜中的那个才是真正的自己。白天，他像一具行尸走肉，被邪恶的力量控制，不能自主。这种情况慢慢地有所改善。至少那个黑暗中的自我，真正的自我在白天也可以清醒着。然而这带来更大的梦魇。灵魂被禁锢在躯体中，就像一个囚徒，失去所有的自由。身体不过是个容器，和意志全无关系。

东平逐渐适应了这种情况，发现只要不强行违抗那个隐蔽的黑暗灵魂，他就能够得到一些自由。从一个地点走向下一个地点，如果控制好时间，那么黑暗影子并不会强迫他走固定的步法。他可以蹲一蹲，跳一跳，如果乐意，甚至可以做体操。在中央控制室的三个小时，他也变得更加自由，只要注意力集中，做任何事都不会被反对。于是他有更多的时间来摸索。

密码始终没有找到。通常在进入某个界面后，东平不用思考，直觉就会告诉他该怎么做。然而面对贮存库，他的直觉没有任何用处。他仅仅知道，需要1024位密码，密码在心底有一个隐隐约约的影子，然而无论怎样思考都只有空白。

一切都无济于事。东平清楚地认识到这点。他放弃每天熬夜的习惯，恢复正常生活。现在需要做的唯一一件事是等待。要得到慕的自我系统，还需要一点点耐心。那是东平无法决定的事，他不知道什么时候会发生，然而一定会发生——外来者。

外来者出现在东平面前。东平条件反射地端起枪瞄准，宣布游戏规则。

T——W——K——U——D——F——P——D——T

意识的潜流再次涌起。东平放下枪向着银色盒子走去。

XP208490C2，加密算法进入脑子。

沉重的大门缓缓抬起，东平并没有停顿下来，他把密码储存在机器

里。三个外来者走进大门，东平注视着他们。走在最后的那个上回曾经偷偷地看他，往事就像回放的电影，东平想起了他，那个人，应该称为同事，或者朋友——Robert。

阿佛洛狄忒施展她神奇的法力，雕像眨眼、张嘴、微笑，肌肤细腻、笑容迷人。皮格马利翁抱住她，深深吻她。这个情形被想象力张扬的头脑描绘成美丽的故事，故事有一个美满的结局。时代已经抛弃了女神和她的宫殿，以及汪洋肆意的想象力，故事也因此变得有所不同。

东平把119号自我系统导入皮格马利翁II。雕像动起来了，她能看，能听，能说话。她活过来了。

慕！东平充满深情地喊。屏幕中的女子注视着他，眼光亲切而熟悉。

东平！东平听到温柔的喊声。他紧贴着屏幕，努力向她靠近一些。女子在微笑。笑容像一把致命的尖刀，刺入东平的心脏，坚定而深沉，以至于让这自然律动的肌肉突然间失去功能。东平又见到柔和的月光，蓝色的烟雾，寂静的音乐……那是一个不能忘却的夜晚。他抽完整整一包烟，然后仰面躺在沙发上。一种药水喷洒在脸上，药力很快渗入皮肤，被血液吸收，东平感到一阵阵困乏。留在人间的最后一分钟，是的，慕，我们的故事应该有这样一个结局，我会带着所有的回忆去见你，和你一起在阳光下追逐嬉戏。意识渐渐地模糊，忽然爱慕出现在屏幕里。东平！她微笑着看着自己。笑容变成凝固的画面，一点一点消散，终于只剩下完全的黑暗。

虚弱的感觉侵袭着东平。他压在屏幕上，双手扶着，让自己不至于跌倒。慕已经死了。眼前活生生的并不是她，而是一个替代品。他也应该死了，根本不应该属于人间。毫无疑问，公司利用了他的尸体。而他不幸竟然能够活过来。

东平，我不要你死，我要你坚强地活着。爱慕在和他说话。

我和慕完全一样，你能看见。我就是慕，她希望你活下去。

东平沉默着。他亲手将爱慕制造出来，无论哪个方面，她都是完美的自我系统。她和慕一模一样，唯一的区别是，只能生活在那个小小的屏幕里边。然而这已经够了。他永远失去了慕，再也不能和她在一起。

无形的屏幕变得暗淡，东平向爱慕伸手，被屏幕挡着。手握成拳头，奋力砸下，透明的屏幕上出现一个拳头大小的半透明红斑，向外扩散变成红色的晕环，最后在屏幕边缘消失掉。一切恢复原状。力场吸收了拳头的力量，东平没有受到任何伤害。他并没有陷入疯狂里去。屏障是不可跨越的，爱慕不过是一个虚拟产品，没有人比他更清楚这点。在现实中，她不过是一个泡影，是他为慕而制造的纪念品。东平开始放声大笑。笑声有点疯狂，又有些绝望。

爱慕的声音仿佛尖利的刺，透过震耳欲聋的笑声清晰地刺入东平的耳朵。

来，和我一起。

笑声平静下来，东平看到，爱慕的眼睛执着而深情地望着他，似乎在恳求，又似乎在命令。

我们要永远在一起。

声音柔美，仿佛从前的慕。恍惚之间东平看见慕在向他招手。

东平缓缓地向着爱慕靠过去，屏幕亮起红晕，挡住他，爱慕向他伸出手，东平听到了 *Yesterday once more* 的歌声，他几乎无意识地伸出去触摸。

给我密码，让我自由来去。

1024位的密码在东平头脑中倏忽流过，他的手指飞快地在屏幕上移动着。他并没有解除爱慕的限制，保密的逻辑原则阻止他做出任何违反警卫条例的事，然而他只是将密码写出来，没有任何"人"会看见他写下的密码。他还是一个称职的警卫，阻塞回路并没有阻拦他。爱慕微笑着，很快

我们就在一起了。

李润生高度警戒着走进中央控制室。他看到一台高级电脑。XP20849002，商用电器公司2084年的900型产品。这是一台超级电脑。它应该是整个警卫系统的核心。电脑已经损坏，看起来像经历了一场爆炸。一个警卫倒在电脑前面，似乎已经死亡。李润生小心翼翼地靠过去。翻过尸体他看到一张脸，在镜子里他曾经见过无数次的脸。

一个幽灵，它有一张和李润生一样的脸。此刻李润生看到了这张脸，然而并不是幽灵，而是一具尸体。灵魂离开躯体，成为幽灵，到处游荡，造成断电，杀死警卫。这样的想象超越了李润生的接受底线。他是个行动者，胡思乱想对行动只有损害，然而他却不能将这样的想象排除。

隔着五六米的距离是一个门洞。这是所谓的地下仓库。重达三吨的大门高高吊起，门洞敞开着，透出隐约的亮光。李润生跨过尸体向着大门贴近。危险就在门那边。离开这里，请求救援。判断早已经形成，李润生却始终没有执行。门那边似乎有什么吸引着他，让他明知道危险也不肯离去。

做好一切准备后，李润生闪身冲进门洞。有亮光的地方存在某种东西，在看清之前他已经用激光锁定它。

"警察，不许动。"

发亮的是一个屏幕，没有任何危险征兆。然而这里不应该有电，屏幕的亮光看起来很刺眼，让人不安。李润生全力警戒着，探索四周。仓库里整齐地排列着超级电脑。一台超级电脑的价值是一个天文数字，仓库里面却有整整二十台。这是精密机械公司的核心。

除了发亮的屏幕，不再有任何可疑。李润生慢慢向着屏幕靠近。突然屏幕上出现影像，一个男人和一个女人，并肩站立着，面对李润生。李润

生本能地举起枪，然而马上意识到他们并不是真正的人，而是屏幕里的两个影像。他放下枪。

他们向着李润生微笑。李润生看得很仔细，男人仿佛镜子中的自己，女人并不认识，然而看起来很熟悉。在一台断电的电脑中存在，也许他们的确是幽灵，不是一个，而是两个。

"你们是谁？"

影像突然消失掉，屏幕变成一片黑暗。

李润生感到一阵困惑，走到电脑前。也许这是一个陷阱，然而他需要明确情况，尽管有些危险性。腕表打开，探头伸出，接入通用接口。有了上回的经验，李润生并没有试图完全控制电脑，他只是搜索内存，希望找到一点有价值的东西。枪口稳稳地对准传输线，如果有意外，他会在不可挽回之前打断它。

意外果然发生了。传输线上接连两次闪过暗淡的光亮，李润生果断地开枪。

然而太迟了。他的速度落在两个幽灵后边。

我了解他们，慕，他们会派遣一个机器人来探察情况，我们有机会活下去。

真的是个机器人，如果他不来，我们死在这里，我永远不能原谅自己。

我们赢了。这个自我系统很像你。要不要毁掉它？

不要，他就是我。我们会合作得很愉快。

大脑防护墙没有任何抵抗就被摧毁。有人正在窥视他，控制他。李润生清醒地意识到这一点，然而他并没有感觉到害怕。他也看到某些东西，掌握某些东西。是的，他的能力在膨胀。

融合！

那是两个特殊的自我系统，他们正在向他渗透，融合。他看见了他们。

融合并没有让李润生感到厌恶和排斥。他们不是ET5。其中的一个人，就是他，而另一个人，是他爱的人。相互的透明渗透并没有让他感到不适，相反，非常愉悦。

李润生突然倒在地上，很快他站立起来，拍拍衣袖。

没有侵入者，这是一场意外。精密机械公司会因为他们的机器超负荷运转造成短路而吸取教训。有必要马上向局长汇报这个情况。一切都只是意外。

Robert关上办公室的门。

"Robert，虽然我们一直是朋友，但今天我是来办公事的。"

Robert看着李润生："正好我也需要你帮忙。我知道你是精密机械公司有权力进入贮存库的少数几个人，有些问题我必须了解。"

"你想知道什么？"

"原因，爆炸的原因。"

"我想警察已经做出总结了。"

"是的，但是总结并没有包括现场发现的四具尸体。还有警卫，如果需要，我们可以随时拘留他们。我想很多人会对他们所说的内容感兴趣。"

Robert脸上带着轻蔑的笑，扭过头，对李润生的威胁不置可否。

这个反应落在李润生的预期中。他贴近Robert，压低声音："Robert，地下有一具尸体，我想知道为什么和我一模一样。"

Robert带着惊异的眼神看了李润生一眼，然而很快掩饰了自己。

"你看到他了？"

"谁？"

Robert犹豫一下："既然你看到了，也能够推断出来，那是你的原型。"

　　李润生摸摸脸："我当然能够猜到那是我的原型。我感兴趣的问题是——为什么连外貌也一样？这张脸，和那张脸，一模一样。"

　　Robert盯着李润生，很久不说话。突然他站起来，走到酒柜边，很快端着两杯酒回到座位。

　　"喝一杯？"

　　李润生伸手接过来。葡萄酒含有水、酒精和糖分，这些东西他都能够分解。好处虽然不大却并没有坏处。而且，他对葡萄酒有一种心理上的喜好。

　　Robert呷了一口酒："五年前我和一个叫东平的人一起站在这里品酒，讨论自我系统发展的美好前景，公司的美好前景，还有各自的大好前途。五年来，我和一个叫李润生的人总站在这里品酒，他给我讲各种各样的故事，这个星球上最惊心动魄的故事。"

　　Robert抬起视线，注视着李润生："这个理由怎么样？"

　　李润生伸出拇指摁在眉心揉了揉："很勉强，不过还可以。"

　　Robert笑起来："现在我要你帮个忙。"

　　"什么？"

　　"来精密机械公司工作。"

　　"这不可能，我是警察。"

　　"你是机器人，专业知识不是问题，我们需要你的思维模式和洞察力。至于警局，公司会出面……"

　　"你可以再造一个。"

　　"不行，我们的贮存库毁掉了。母本全部毁掉。我们几乎要从头开始工作。"

　　"真的需要我？"

　　"坦白地说非常需要你。"

　　李润生疑惑地摇头。

"你会明白的。"Robert从口袋里掏出一样东西。他摁下按钮。

电磁波正试图清除李润生的记忆，并将新的记忆赋予他。

"我们检查了存储器，所有的存储器都被毁掉了，只有存储119号母本的空间没有损坏，然而它被清洗了。这个自我系统很可能并没有被毁掉！是她造成了大厦断电并且逃逸。公司投入了大量的人力物力来发展这个系统，虽然并没有完全成功，但是她已经拥有这种能力——从实体中综合系统，无论对象是机器人，还是人。"

"她成了网络的幽灵，潘多拉幽灵。我们不知道让她逃逸会发生什么。你应该理解，她有能力制造其他自我，她会制造出无数个系统。灾难，阿吉，人类的灾难。世界上没有第二个人比你更熟悉她，因为她最初是你创造的。告诉我，你能够找到她。"

李润生碰触到Robert的视线，他的眼神是诚恳而严肃的。

李润生想笑，也许是爱慕想笑，然而他控制住了自己。

他有了一个新的名字"阿吉"，他知道阿吉在这种情况下会有怎样的反应，于是他迎着Robert的视线，点头："交给我，放心。"

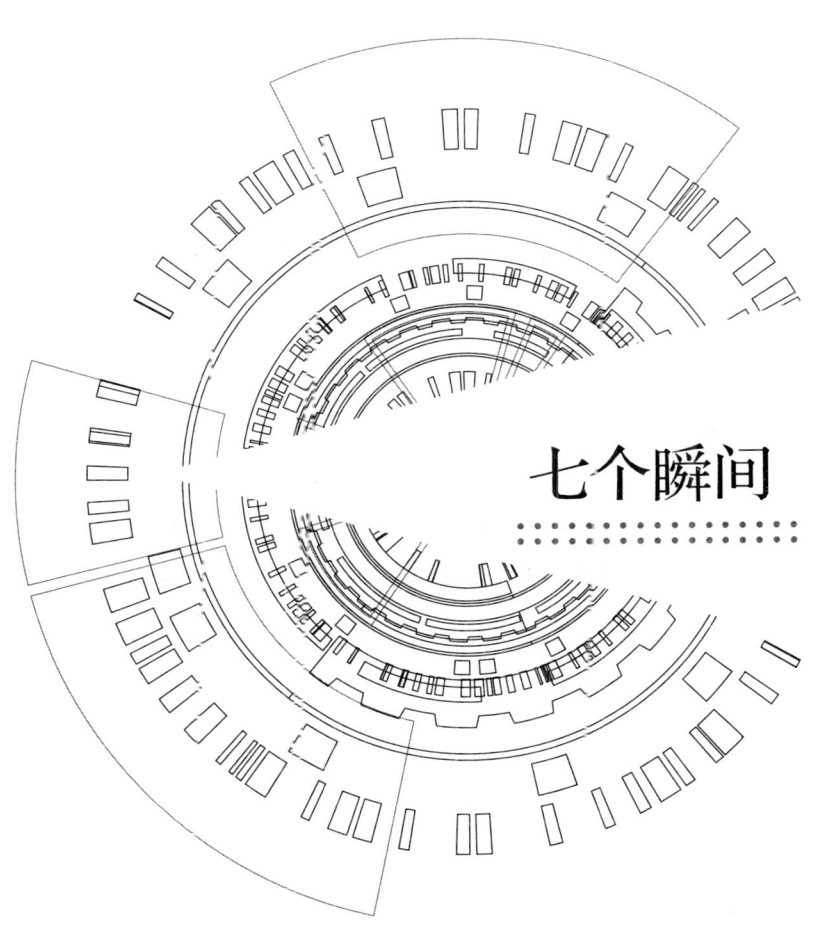

七个瞬间

　　桑巴斯统率着他的部落。他站在土岗上眺望，荒凉的蒿草一望无垠，整片大地都是枯槁的黄色，毫无希望。

　　草丛中有什么东西在挪动，空气里传来些微臭味，就像鹈鹕花粉的味道。桑巴斯盯着那地方，捏紧手中的木棒。

　　这片土地上已经没有什么东西可供收获，桑巴斯明白这一点。他做好了计划，决定带着大家向北去寻找新的领土。然而离开熟悉的土地，到处都潜伏着危险。此刻他就必须做好准备——作为酋长，他必须承担责任，证明所有人都可以安全通过这片危险区域。是的，桑巴斯作为家族中最强有力的男性，最有经验的酋长，必须证明自己是一个合格的保护者。

　　鹈鹕花粉的气味浓烈起来，狮子正在逼近，一阵窸窸窣窣的响声之后，它露出一个头。它站住了，看着桑巴斯。

　　桑巴斯捏紧木棒。

　　狮子并不喜欢攻击人类，这种两足动物带有其他动物不具备的本领，他们的花样比任何动物都多。然而一只饥饿的流浪狮子会抓住一切机会填饱肚子，哪怕对手看起来很危险。这片土地上，到处都是饥饿的流浪狮群。

　　狮子向前扑过来。桑巴斯挥动木棒，镶在棒上沉重而尖利的石块正正地击中狮鼻，鲜血直流。狮子发出一声哀号，然而用一个敏捷的动作咬住

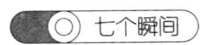

了木棒。桑巴斯失去了武器。

　　狮子再次向着桑巴斯扑来。一杆有力的长矛洞穿了狮子的眼睛，有人从桑巴斯身后发动袭击。凶猛的野兽在地上翻滚，哀号。桑巴斯镇静地看着一切。

　　几个人慢慢地围拢过来。野兽已经奄奄一息。

　　"桑巴斯，怎么办？"

　　"把狮子抬回去给他们。没有人能够阻止我们向北走。"

　　他们是指部落的大多数人，包括卡布长老。卡布长老超过了四十岁，牙齿已经掉光，昔日很魁梧的身体皱缩得不像样，仅仅能挨到桑巴斯的胸口。然而，卡布长老却比桑巴斯更受尊重。

　　"你回来了，很好，很好。我和你说过，那边的路走不通。"

　　"不，我来带着大家一起走。"

　　沉重的狮子尸体堆在地上。

　　"桑巴斯，你想告诉大家你的勇武吗？死亡峡谷到处都是流浪狮，而且没有人知道这条死亡之路到底有多长。这不是去猎杀一只老狮子。"

　　"每一年，牛群都能够通过，然后在下一年回来。峡谷那边一定是个水草丰茂的地方。"

　　桑巴斯扫视着围观的人，继续说："是的，峡谷里到处都是牛的尸骨。它们是被狮子、鬣狗、豹子吃掉的。那儿的狮子比任何地方都多。但是我们别无选择。与其在这里等死，不如往前去。我们通过死亡峡谷，有的人会死掉，但是大部分人肯定能活下来，我们的孩子能活下去。在这里，旱季还有三个月。三个月，有多少人能熬得过去？"

　　桑巴斯看着卡布长老。

　　卡布长老垂下眼："我老了，活的年岁也够长了。"他抬起头，看着

头顶的天空，北方天空的几颗亮星正排成一列，平平地躺在地平线上方。旱季至少还有八十五天，对部落来说，这实在太长了，而且今年旱季提前到来，谁也不能预料是不是会按时离去。他微微叹气，"我们现在很困难，但是那是死亡峡谷啊！从来没有任何人可以穿越。从前有无数的勇士试过，从来没有人回来。我以长者的经验断言，我们这么去，只是给那些饥饿的狮子填塞牙缝。动物们会回来的，我们能找到食物。"

"长老。我们的人会死掉很多。在雨季到来之前，整个部落至少要饿死一半的人。你给我讲过这个故事。那个峡谷里边，野兽也在挨饿，它们也很虚弱，而我们至少现在还有力气。"

桑巴斯抓着狮子的鬣毛，用力将百兽之王的躯体托起来："这是考验我们的时候。谁挡在前边，就杀死它。哪怕成百上千的狮子在前边，我们也要冲过去。否则，就是死。"

部落的男男女女都开始行动起来。桑巴斯最后一个离开营地，他背着卡布长老。卡布长老解下脖子上的红色石头，将它系在桑巴斯的脖子上。石头象征着威望，它应该属于那些敢于承担责任的人。

白骨累累的峡谷里，又有一种集群的动物开始尝试突破那尖牙和利爪的封锁。不过这一次，他们不是依靠数量和速度。

桑巴斯站在土岗上眺望。旅途已经开始，不会再有回头。然而他没想到，他会在旅程开始之后的第三天倒在峡谷里，被一群鬣狗分食，而他的部落，却走到了更远的地方。

从阿非利加到欧罗巴，从亚细亚到亚美利加。

卡拉拉隐蔽在灌木中，锋利的箭头紧贴着胳膊。天已经暗下来，风有些冷。矮人们已经进入洞穴休息。卡拉拉向着身边的同伴作出一个手势，

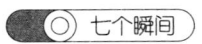

他们俩同时起身，缓慢而悄无声息地向着洞穴摸过去。

矮人非常强悍，有着可怕的力量，然而他们并不灵活，特别是在夜晚。夜幕来临之前，他们就会退缩到洞穴中，用巨大的石块堵住洞口，然后围着炭火堆休息。这就是行动的最好时机。卡拉拉已经潜伏到距离洞穴不远处，他能够看见洞穴里边横七竖八的身影，这些身影看起来让人害怕。这并不是什么好玩的事。卡拉拉曾经亲眼看见矮人用石锤打破野猪的脑袋。他们是彪悍而狂野的部落。三个月前，他们从东方来到这里。据说，这些野蛮人曾经是莫答部的奴隶，专门为莫答王猎取犀角。后来不知道什么原因，莫答的军队向这些野蛮人进攻，很多人被杀死，没有死的只能向西方迁徙，进入这个山谷。卡拉拉部不够强悍，然而这里世世代代是他们的家园。强盛的部落很多，卡拉拉人从来不畏惧他们。他们是山谷世世代代的拥有者。这个山谷有令人生畏的名称：死亡和绝望的盆地。而炮制死亡的，正是卡拉拉人。

卡拉拉和伙伴的任务是把拉球根的叶子烧成的灰撒在矮人的山洞前。当矮人们第二天出去狩猎，这些细微的颗粒会附在脚跟上。这些强悍的男人会发现，丛林里野兽对他们都避而远之，而当他们发现野兽时，生命也就到了尽头——行动如电般的蛇从草丛里蹿出来，狠狠地咬在他们的脚踝上，痉挛随之而来，一阵剧痛之后全身麻木，视线模糊，很快，他们陷入昏迷，永远不会再醒来。

……连续六天没有任何收获，却接二连三被毒蛇袭击。甚至在树丛里摘果实的女人、孩子们也被袭击。部落已经死掉了六十三个男人，三个女人，还有七个孩子。这像是一场突如其来的灾难。首领带着剩下的人们离开。他们终于明白莫答人没有继续追杀并不是他们厌倦了追杀，而是因为这个山谷将是他们的葬身之地。首领抱着最后的希望向西走，拨开草

丛，他发现一片空地。空地的那边，傍着悬崖修建的屋子层层叠叠，几乎盖住了整个悬崖。巨人！只有巨人才会修筑房屋，也只有巨人能带给他们厄运。首领突然意识到他们走进了末日。果然，他看见了此生最恐怖的情形。蛇，成千上万的毒蛇盘踞着整片空地，它们相互缠绕，相互摩擦，一条叠在另一条上边，然后再被另一条压着。十几个巨人全副武装，他们站在蛇阵后方，正充满敌意地瞪着这边。

首领转身。跑！他竭尽全力喊叫。整个部落的二百多人四散开来，各自逃命。然而，没有人能够逃离陷阱，他们都倒毙在弓箭，或者毒牙下。首领做了他生命中最后一件事，转身甩出了他的手斧。沉重的手斧在空中旋转，以极快的速度撕破空气，一个巨人应声倒下。群蛇涌上，结束了这位酋长的生命。他是最后一个酋长，比他的祖辈更聪明、更强壮，然而却带着他的部落走到了末日，只是因为他不幸生活在这个时代。

在这个时代，一支锋利的矛和杰出的使用技巧比力气更重要，而懂得了自然奥秘的人们甚至不需要武器。矮人们输给了莫答部，他们没有那样的技术来制造锋利的兵器，也没有足够多的人口组织军队；矮人们也输给了卡拉拉部，他们永远不会明白，运气为什么突然变得那么差。

卡拉拉在追杀最后的几个矮人——一个女矮人带着她的孩子。女矮人仍旧带着武器，然而恐慌让她只知道跑，跑，不断地跑。当她意识到无路可跑时，她停了下来。

饶命！她说。她只知道两个巨人词语，她用其中的一个词语向这个巨人乞求。孩子紧紧地贴着她，不安地看着卡拉拉。

卡拉拉拉开弓，弓弦的响声穿透丛林。恶棍！他听见那个女矮人说。这个种族最后的女人死于弓箭，卡拉拉没有用毒。她的尸体被卡拉拉带回去，做成了一锅浓汤。卡拉拉没有杀死孩子，晚饭的时候，他给了孩子一

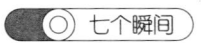

碗肉。孩子流出眼泪，然后吃掉全部的肉，喝掉所有的汤。

这个孩子成为卡拉拉的奴隶。卡拉拉死掉那年正好遇上灾荒，他的儿子杀死了这个奴隶吃掉了他的肉。矮人的种族消失了。所有的部落仿佛什么都没有发生过，继续着他们的争斗和进步。

许多许多年之后，那个奴隶的头骨在卡拉拉部落的遗址中被发现。卡拉拉的后裔对于遥远的过去发生的一切毫无记忆，他们研究着，猜测着，认定这头骨并不属于祖先，而是属于人类。

他们称他为尼安德特人。

李斯特站在高岗上眺望。行军的队伍绵延成一线，转过前边的山崖，消失了。太阳斜斜地照在这些人的身上，他们拖着疲惫的身体赶路，步伐跟跟跄跄。

今天无法通过斯迪亚地峡。李斯特转身告诉卫兵："你去告诉大头领，今天在峡谷里休息。我们在峡谷口打一仗。"

卫兵翻身上马，绝尘而去。李斯特继续停留了一会儿。最后他拨转马头，下了山岗。尼斯的探子已经出现在后边，他们的主力很快就会来。峡谷是一个天然屏障，狭小的地形对希阿人有利，他们可以占领高处，发挥弓箭的长处，而尼斯人却无法集团冲锋。

所有的妇女儿童都集中在峡谷中，一半的成年男子集结在峡谷口，另一半爬上山崖埋伏。时间并不宽裕，否则，他们可以把一些巨石搞到山坡上，在敌人通过的时刻滚下山去，给他们一些出其不意的打击。李斯特挑出最好的弓箭手，让他们背上尽可能多的箭，爬上山崖。他站在所有人前边，等待着尼斯人出现。

尼斯人来了。他们的探子发现了峡谷口的阵地。天色已经非常昏暗，

在黑暗中混战，对谁都不是一件好事。尼斯王下令停止前进。他派出一个使者。

几百年来，尼斯和希阿一直是盟友。希阿为尼斯提供武器，他们有令人叫绝的弓箭，箭矢锋利，弓弦有力，长矛和短刃也非常坚韧。而尼斯则提供庇护。然而，当希阿一天天变得强大，尼斯王感到不安。他下令希阿大头领送六个贵族长子到尼斯王城作为人质。事态的发展出乎意料，希阿联合六个小部落反抗，他们在科特罗尔盆地伏击尼斯军队，杀死了六百多名尼斯武士。尼斯王愤怒了，他亲自领军出击，六千名强悍武士组成的军队将沿途的一切毁灭得干干净净。希阿人撤退，整个部落上万人向着乌拉尔山移动。他们想躲到山里去。斯迪亚地峡是进山的最后一道关口，过了地峡，深入乌拉尔山脉，全部是茂密繁盛的原始森林。

他们在最后的关口追上了希阿人。尼斯王的决心却有些软弱起来。毕竟希阿人懂得如何制造兵器，没有他们，也就没有尼斯今天的强盛。

使者回来了，李斯特割掉了他的右耳。愤怒让尼斯王失去理智，他下令攻击。双方短兵相接，一场混战在黑暗中展开。峡谷限制了队形，双方一对一地厮杀，而每一次同时开战的，仅仅只有五六个人，只有当一个人倒下，后边的人才能顶替上去。这奇特的情形持续了一个晚上。双方总共死掉三十七个武士，还有二十来人负了伤。绝大多数人只能站着为自己的武士呐喊。尼斯王感觉被拖入了某种陷阱，他焦躁不安，恨不得亲自站在最前线，把敢于抵抗的任何人砍趴下。他的感觉是对的，天蒙蒙亮，伴随着尖利的哨音，无数的箭矢从空中落下。猝不及防的尼斯武士倒下一片。紧接着是第二波攻击，这一次，他们对准了尼斯王身边飘扬的王旗。卫士们举起盾牌为他们的王抵挡箭矢。希阿人使用了某种特殊的箭，异常尖锐，借助高空坠落的力量，无坚不摧。混乱中，卫士们纷纷倒下。

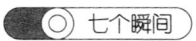

尼斯王被两支箭射中，一支刺伤了他的胳膊，另一支直接贯穿头颅。尼斯武士崩溃了！李斯特带头冲了上去，残余的尼斯人没命地奔逃。

李斯特很清楚眼下的形势，胜利只是暂时的，尼斯不可能被消灭，他们有庞大的人口和坚固的王城。斯迪亚的战斗杀死了他们的王。这是不可稀释的血仇。希阿的未来很可疑，然而眼下，只有尽可能杀死更多的尼斯武士，把他们驱赶得远一点。至少，让部落有足够的时间进入乌拉尔山。他喊来卫兵，"告诉大头领，我将带着武士和尼斯人周旋。部落要抓紧时间进入山里。"

李斯特是对的。溃散的敌人重新集结，发起了反扑。一千多名希阿武士从正午战斗到夜晚，他们中一半的人倒下，另一半人浑身是血，几乎没有站立的力气。峡谷口堆积了上千具尸体，敌人的和战友的混杂在一起。

短暂的夜晚很快过去。尼斯人再次出现在视野里。李斯特看着自己的部属："我们将死在此，我们的族人会安全。总有一天，他们要血债血偿。"希阿人仍旧坚持在自己的阵地上，敌人再次发起了攻击。从清晨到黄昏，希阿武士竭尽全力支撑着，绝境反而激发了最顽强的斗志，他们用不可思议的体力抵抗着尼斯人一轮又一轮的冲击。阵地渐渐地沦陷，慢慢地，身边站着的全是敌人。残余的二十多名武士精疲力竭，放弃了抵抗，被乱刃杀死。他们用生命换取时间。部落走进了乌拉尔山的森林。

只有很少的人逃脱了。包括李斯特在内的十几个人爬上山崖，逃进了森林。然而他们没有找到部落。他们向东南进入伊朗高原，在那里他们发现了特殊的人群。那是许多散居的小家族，人们黄皮肤、黑眼睛，有着平和的性格和较圆的头颅。一个家族收留了他们。再后来，他们征服了一些部落，成了一个新的强大部族。为了避开尼斯，他们向东，向东，再向东。越过帕米尔高原，穿越天山走廊，在一条大河边安定下来，他们的后

裔把自己称为夏。也有一支后裔并没有忘记李斯特的誓言，他们向西一直走，在尼斯势力范围的南边，在幼发拉底河和底格里斯河之间，有一片充满死亡陷阱的低洼沼泽。他们在那里建立了王城，和尼斯之间爆发了无数的战斗。战争也许有胜负，却全部被湮没在厚厚的尘土中。许多年之后，美索不达米亚平原深厚的沉积物下边发现废墟，人们让它重见天日。辉煌的文明没有传人，仅仅只有传说流传下来。

这从天而降的文明被称为苏美尔。

独木舟载着简狄。路途还很远，只能勉强望见对岸。今天是比石的大忌日，这个最重要的祖先神一直保佑着瓦苏部。海浪拍打独木舟，一阵晃荡，简狄慌忙用桨平衡。

简狄不喜欢在海上漂泊，然而她是祭司，比石的大忌日是一个大日子，她必须赶到海峡对面去。比石的坟冢在那里。如今，对比石的祭祀已经不是那么流行。部族的年轻人根本不在乎比石是谁，他们向着南方走去，把所有的一切都抛在脑后。即便是老人们，也对于渡海祭祀心存疑虑，他们宁愿在营地里给比石建一个新的神龛。简狄是一个虔诚的祭司，绝对不允许自己去膜拜一个虚假的圣地，必须去到真正的圣地。她相信这是为了整个部族。难以想象，如果比石抛弃了瓦苏部，那会是什么情形。

传说中，这里本来没有海峡，比石带领大家来到这里。遥远的西方发生了战争和瘟疫，比石带领大家逃出毁灭，来到这里，建设了新家园。因为这个，他成为首席祭司，从古到今唯一一个男性首席祭司。瓦苏部在这里猎捕海豹，过着富足的生活。然而一切在祖母的祖母的祖母的年代发生了改变。海水突然涌上来，碧蓝的海水底下某个地方，是瓦苏部曾经的家园，祖母的祖母的祖母就在那里出生，然而当她成了一个老太婆的时候，

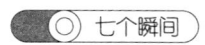

海水完全淹没了那个海边之域。那个时候海峡还很浅，也很窄，一个人可以毫不费力地游过去。然而现在，海峡已经让人看不见对岸。瓦苏部彻底变成了两部分。海峡这边，传统正飞快地逝去。

独木舟在辽阔无边的海面上，仿佛一动不动。简狄觉得很累，然而一股信念支撑着她，让她坚持向着对岸靠近。傍晚时分，她终于靠到岸边。有人在等她，是虬髯。虬髯也是瓦苏的祭司，不过他是男人，只能做第二祭司。

"我知道你会来的。"

"是的，今天是大忌日。卡苏呢？"

"她死了。"

简狄并没有太意外，毕竟，人总是要死的："我们去吧。"

虬髯转身带路。简狄在十年前来过一次，那一次，她带着三个随从，卡苏带着很多人在岸边等待她。

"等一等。"简狄停下脚步，"比石的墓不是在那边。"

虬髯低着头："没有比石的墓了。"

"你说什么？"虽然在海峡那边，人们慢慢地不再尊崇比石，然而那是大海隔绝的缘故，他们不能亲眼看见祖先的陵寝。这里的人们拥有比石的墓，这伟大的祖先就安息在山上，默默地看着子孙们生息繁衍。简狄不知道虬髯到底在说些什么。

发生了一次叛乱。他们杀死了卡苏，毁掉了比石的墓。剩下的瓦苏族人四散逃命，也没有剩下多少。

简狄被这吓人的消息惊呆了。最后她说："你还是带我去看看。"

残断的碑体倒在地上，四周到处都是石头人破碎的肢体。青草爬满整个空地。墓穴是一个吓人的大窟窿，暴露在外。

简狄走上去，摸着断碑，眼泪一点点地滚出来。

简狄换上礼服，准备给比石行礼。虬髯默默地看着。

一个人的典礼完成了。简狄问虬髯为什么还等着她来参加典礼。虬髯说："我是祭司，任何人参加典礼我都要陪同。"

"你为什么不行礼？"

虬髯沉默一下："里边没有棺材，也没有尸骨。比石根本没有葬在这里。"

虬髯再次说出一个吓人的消息。简狄没有理会。尸骨并不重要，坟冢在这里，墓碑在这里，所有人都知道这是祖先的陵寝，他们因为这个凝聚在一起。上千年前比石给自己修建陵墓，他一定明白这些。也许他也知道陵墓终有被毁掉的一天，于是在不起眼的别处埋藏尸骨。事实真相如何简狄无从知道。然而她做出了决定，留在这儿，重新修建比石墓。在她的一生中也许没有比此刻更重要的时刻，她已经和祖先的魂灵融合在一起。海峡宽阔，望不见对岸。在那边，自己的部族，正在把这个伟大的英雄遗忘掉，也把曾经的历史遗忘掉。然而她绝对不会这样做。如果忘记了祖先，就会遭受灭顶之灾。她要为自己的部落和祖先做点什么。

很多英雄都是没有名字的，不是因为他们高尚伟大，喜欢默默无闻，而是因为后人健忘。当然，有的时候，英雄开创的历史他们自己并不明白。比石把族人带到了这里，瓦苏部的子孙们在那片后来被称作阿美利加的土地上统治了整整一万年，直到高度文明的白人登上这片大陆。这些子孙们真的遭受了一次灭顶之灾，但不像简狄所想的那样来自祖先的惩罚。他们的人口曾经达到过一千二百万，却在三百年间减少到不足三十万，成了彻底的少数。

他们死于白人的枪炮、围垦，还有天花。在后来的历史上，他们被白

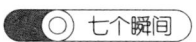

人赋予了一个名字：印第安人。

碧蓝的大西洋延伸到天的远方。海天一线的地方出现桅杆的顶端。当整个桅杆出现在视野里，伊达松了口气。飘扬的旗语告知了船的身份，是"勇敢号"。

从船上看去，远方是一片灰蒙蒙的黄色。那就是非洲大陆。山姆船长收起望远镜，下令保持警戒向克里斯港靠近。这只是一个习惯，此刻勇敢号上什么都没有，根本不用担心任何人，不管是英国的皇家缉私船，还是海盗。

伊达和山姆见了面。按照约定，山姆会走完整个三角贸易航线。按日程算，勇敢号此时应该正好抵达美洲，两个月后，在里斯本卸下整船的蔗糖、烟草和黄金。然而山姆却回来了，带回来一艘空船。伊达并不生气，他知道海上充满风险，船能够平安回来就行，发财的机会比比皆是。

"那么，说吧，那些货品是怎么处理的？"

货品是一个暗语，伊达指的是勇敢号押送的三百多个黑人。他们本来应该被送到美洲去，按照每个十五盎司黄金的价钱卖给那些种植园主，然后换成蔗糖和烟草回来。显然，山姆并没有抵达美洲。

"他们绝食了。"山姆恨恨地说，"有个叫瓦迪库的，带头绝食。他说自己是王子，绝对不会接受这样的屈辱。"

这一批货里边似乎有一个王子。伊达依稀记得，沙门国王用这批货和他交换三十六把新式夹福枪、十箱子弹的时候，似乎提到过，这里边有一个王子。然而他的部落已经被沙门国王消灭，他成了奴隶，混在一群黑人中间，没什么特别。

山姆在海上闯荡了三十多年，贩运奴隶也有二十多年，经验丰富，这

不过是小事。伊达眯起眼睛，询问式地看着山姆。

山姆舔舔嘴唇："您知道，这不算什么。我曾经遇到过无数次绝食，这些黑人只要教训一下就老实了。然而这一次，我们遇到一个硬骨头。我用皮鞭打他，用盐涂他的伤口，把他扔在甲板上曝晒，他怎么都没有屈服。其余的家伙，被他鼓动起来，也开始绝食。伊达先生，我并不是想损坏您的财产，然而您知道，在那种情况下，我只有采取极端措施。伊达先生……"

伊达把手一挥，打断山姆的抱歉："挑重要的说。"

"我下令切掉那个瓦迪库的两个手指。没有想到，他突然撞翻大副，冲过甲板，跳进了海里。他像一块石头一样掉下去了。黑鬼们骚动起来，还好我一直用铁镣锁着他们。几皮鞭下去，他们也老实了。"

"本来事情到此就结束了。然而说起来奇怪，这家伙绝食的那几天，海上风一直很小，船几乎不动，他刚跳下海，就起了很大的风。伊达先生，你说这瓦迪库是不是真的懂得一点巫术。这些黑鬼们和动物一样，然而据说他们也懂巫术，特别是一些国王、王子之类的。"

伊达发出轻蔑的哼声。

"然后我们就看到了英国海军的船。三艘军舰在追赶我们。如果被他们追上，我们就完了。只要船上还有一个黑鬼，英国人会把我们都当作奴隶贩子毙了，然后把我们的船抢走。他们刚发表一个声明，说贩奴是重罪。这些英国佬，自己屁股上的屎还没擦干净，我刚上船那会儿，他们才是最大的奴隶贩子。不过英国佬的反复也是有名的。"

"然后你就把所有的奴隶都扔到了海里？"

"是的，伊达先生，我杀死这些黑鬼，然后让他们沉到海底去。这么做也是为了保护您的财产。虽然奴隶没有了，但是船能够保留下来。只要

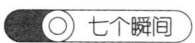

有船，搞到黑鬼很容易。"

伊达去勇敢号上巡视，甲板上和舱室里都有依稀的血迹。原来山姆杀死了所有奴隶后血迹来不及处理，就杀死了三头肥猪，把血喷得到处都是。在甲板上，沉重的锚躺在一圈圈麻绳中间，那个王子就被绑在这个锚上，放在阳光下曝晒。突然间伊达发现船舷上有些可疑的东西。他走过去仔细观察。那是一行字迹。长年和黑人打交道，伊达已经能够用他们的语言会话。也许除了伊达，这一行字迹没有人能够看懂，它是用拉丁字母拼写的，表达的却是那个来自非洲丛林深处的部落语言。是那个王子在绝望中用指甲一点点抠在上边。

"杀死他人的罪恶，灵魂将永远在地狱中煎熬。"如果译作西班牙文是这个意思。当然，并不是这么简单，这是一句诅咒。在那些黑鬼的眼中，这句话具有某种神秘的力量，让被诅咒者从此生活在绝望和恐惧之中，甚至死亡也不能让他得到解脱。

伊达有些惊讶，他注视着这行字迹，过了一小会儿，走开了。他不相信鬼神，特别是非洲人的鬼神。这些黑色的皮肤下边毫无疑问有着一个灵魂。然而，美洲的种植园需要他们，而伊达需要黄金。

伊达付出了代价。一个月后他亲自押送四百个奴隶出发。在海上发生了暴动，最后被镇压下去。伊达死了，一根绳子勒住了他的脖子，很快让他窒息。他的尸体和那六十多个死去的黑奴一样，被抛入大西洋。

他的父亲、祖父、曾祖父都横跨浩渺的大洋贩运过无数黑奴，而他用一种特殊的方式为他们的家族做了了结。他从来不曾预料自己会死在黑人手中。他也不曾预料自己会成为历史的一部分——勇敢号是最后一艘搭载奴隶的船。再后来的历史就连那些反对贩奴的人们也料想不到。多年后，这个星球上最先进繁荣的白人国家承认了黑人的公民权。再后来，美国第

一位黑人总统宣誓就职。在美洲大地上，非洲的黑人、欧洲的白人、亚洲的黄种人分离了上万年后重新融合在一起，缔造了一个跨越种族的文明。新时代的文明以前所未有的速度移动着人口，把整个地球联系在一起。人们第一次意识到，无论皮肤是白色、黄色，还是黑色，虹膜是黑，还是蓝，头发是卷、是曲、是金黄，还是黑，也许所有的人都是二十多万年前一个非洲小部落的后裔。

地球成为一个村落，传统却依旧被继承，纷争仍旧在继续，但是新的时代开始了。

马利昂在总统的办公桌前踱步。这个星球上最重要的权贵就在隔壁，正进行一场激烈争吵。等他们出来，和平就来临了。

马利昂点上一根雪茄，这种来自古巴岛的手工制品味道醇厚，是一种极致享受。就因为这个，地球也是一个值得珍惜的地方。如果没有和平，火星能够独立，然而不会再有雪茄，特别是这种手工制作的极品。这是一个牵强的理由，甚至有些不严肃，火星和地球都在怀疑马利昂说这话的用意。然而马利昂相信火星和地球都需要和平，而他说出了真正的原因。

战争是荒谬的。两个星球最近的距离在六千八百万公里左右，最好的飞船每小时能飞一万五千公里，这样一段距离也要半年以上。显然，如果战争继续下去，将旷日持久，最后的结果便是火星与地球的隔绝。这不是双方愿意看到的结局。

冲突的起因是火星不愿意纳税。火星的所有产业都必须纳税。最早的时候，这里只有试验基地。然而随着时间的推移和火星改造计划的进行，越来越多的人移民到那儿，逐渐有了商业、工业、城市。起先是宇航局管理着火星，后来，联合政府派遣了总督。火星的成就有目共睹，那些

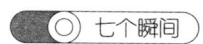

厌恶官僚主义、拖沓作风，还有贫富差距而又觉得无力改变现实的精英会竭尽所能购买前往火星的单程票。两年一趟的航班总是人满为患。最后，联合政府的财政官员发现，火星不仅不需要财政支持，反而已经开始为地球财政提供支持。比例随着时间推移而增长，占据了联合政府财政收入的一成。火星居民创造的财富除了少量用于殖民地扩建，大部分都返回到地球。联合政府每年划出特别预算，称为火星开发特别预算。这个预算额相当于每年火星返还地球财富的3%。

半年前，火星宣布驱逐总督，实行自治。他临时被任命为火星代表，马利昂从小行星矿业月球办事处飞到地球上，和联合政府的高官们谈判。谈判拖拖拉拉进行了半年，没有任何进展。两天前，火星上空发生了一场胜负分明的战斗。总统紧急召见他，马利昂相信自己的使命很快就可以完成。

雪茄仅仅燃烧了小指盖似的一截。门开了，总统走出来。掌握联合政府最高权力的十二名大人物依次走出来。

总统清了清嗓子："原则上我们同意你们提出的要求。然而细则仍旧需要讨论。"

马利昂礼貌地微笑。联合政府已经没有筹码，他们唯一能做的就是挽回一些面子。当天晚上的联合公报引起了轰动。主要内容有三点：火星成立独立的政府机构，管理者由火星居民直接选举产生，对选民负责，受总统约束；火星拥有不可辩驳的自卫权力、开发权力，允许建立自己的军队，但舰队规模不能超过太阳舰队编制的二分之一，火星舰队由太阳舰队总司令直接指挥，然而人事任免需要火星议会同意；在未来的三十年中，火星将逐步减少对地球的财政输出，到三十年后减为零，任何民间经济往来，或者政府协议资金不在此列。

　　和平马上就要来了。然而火星上的人们却并不领情，他们嘲笑自己的政府和军队，称他们为懦弱者。形势一边倒，地球远征舰队被彻底消灭，他们的飞船上一半是死人，另一半是快死的人。机器人仍旧各就其位，然而机器人是不能自动抵抗的，没有人的指挥操作，它们并不比一堆废铁强悍多少。火星却仍旧拥有强大的武装舰队，这是给地球致命一击的最好机会。只要控制地球高空，地面就由火星说了算。然而，临时政府主席宋汤姆还是决定和地球媾和。

　　在飞向地球之前，马利昂和汤姆有一次摊牌式的谈话。这次谈话通过保密信道，以十五分钟一次传输的速度进行。

　　"你知道，我们不能和地球撕破脸。就算火星消灭了联合舰队，也没有办法征服地球。半年的时间，地球的战争机器一旦开动起来，很容易凑够一只舰队来保卫地球。火星很脆弱，一次失败就会让我们的所有努力付诸东流。而且我们对这个星球的了解太少，也许不久的将来，我们就需要地球的援助。"

　　"你是说灾难？"

　　"是的，火星气候极不稳定，科学委员会已经发现它的温度周期比地球频繁得多。最短的一次更替间隔只有三千年，平均温度从40摄氏度降低到零下50摄氏度。平均来说，两万年更替一次。我们属于一个热时期，已经有三万四千年。冷时期随时可能到来。"

　　马利昂把眼光投向窗外。那颗红色的星星非常醒目。人们把水从地下引上来，火星的土壤里，已经长出了各种各样的绿色，一道道的运河构成网格，输送水分，滋润大地。人类在那儿不断地努力，拓展生存空间。然而，行星的一次灾变就可能毁掉所有。马利昂明白，无论运气如何，火星都必须为将来做好准备。人类必须学会适应一颗更为寒冷的火星。但愿那

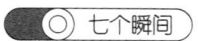

一天不要来得太快。

　　阿尔斯在准备自己的毕业课题。作为人类研究院的学生，他所准备的论文毫无新意。只不过，他是桑巴斯头骨的发现人，作为罕见连环物证，桑巴斯的完整头骨和他的武器，还有一件显然具有工艺品性质的石头佩件一起出土，同位素检测证明它们是同一时期的产物，就在十三万三千年前。阿尔斯还在头骨上找到了至少属于两种动物的齿痕，证明这个早期人类死于狮子和鬣狗。这轰动一时的考古发现给他的论文加了分，无论如何，教授们不会让登载这个轰动发现的论文无法过关。阿尔斯写下最后一个字，然后把提纲举起来，不无得意地审视着。

　　第一次分裂．走出非洲——黑人和白、黄种人的分离，追逐食物的迁徙

　　尼安德特人的灭绝，占领欧洲——竞争对手的消失，同类竞争的胜者通吃

　　伊朗高原的骄傲——黄种人的出现和迁徙，东亚文明

　　生命的走廊，陆桥——白令海峡的暂时通路和美洲文明的出现

　　罪恶与光荣，熔炉——大联合时代，种族平等的追求，地球村

　　一小步与一大步——火星殖民地的1949，异星文明的前奏

　　再见，火星——告别白色星球，尚不清楚的未来

　　他的视线落在最后一个标题上。告别白色星球，那并不太遥远，距今三百六十一年。

　　火星仍然是白色的，短短的几个世纪，星球不会发生太大的变化。人类却变化了很多，三十年前，联合政府通过法令，承认火星的基因修正案合法。从此每一个火星人都具备耐寒体质，可以在火星表面零下30摄氏度

的冰天雪地里自由活动。这也让火星人这个名词成为现实，他们和地球上的人们如此不同，以至于一眼就能分辨：他们的虹膜呈红色，帮助他们实现耐寒的基因也让他们的眼睛变成了原始火星的颜色，体格也略为修长。三百六十一年前，红色的眼睛在恪守旧传统的人们中间仍旧是魔鬼的象征。战争机器开动起来，人类社会再一次走到分裂边缘。火星的先行者们组织了庞大的舰队，地球也派出最精锐的太空力量。

然而战争并没有发生。火星人没有向着抵达的联合舰队开火，也没有长途奔袭地球。他们走了，远离太阳系。可能离开的人们没有想到宽容的到来如此之早，如果这样，也许他们不会选择离开。

然而他们走了。887年，殖民团飞船离开了火星轨道，驶向深空。飞船上有一千四百二十万人，他们都有红色的眼睛和修长的身体。那些敏感的人们远远离开这个让他们伤心的地方，尽管这里是他们的家园。

历史的记录到此为止了。他们去向何方？遭遇到什么命运？没有人知道。然而毫无疑问，他们将活下去，找到他们适合的方式。阿尔斯的目光投向星空，那里星星点点，充满不可捉摸的光彩。十三万年前，当桑巴斯的部族走出了非洲时，人们也问着同样的问题。时代已经前行，从家园出走的游子却演绎着相似的故事。阿尔斯想，他们会回来。也许保留着火红的眼睛和修长的身材，也许是一束光或一团电。阿尔斯相信，那个时候，人类将拥有足够的智慧和自信，不会用石块、弓箭、枪炮、激光、核武器来消灭对方，也不会把对方关到笼子里。

阿尔斯托着腮帮，眼睛里空洞无物。他的思绪飘扬，脑子里飞快地闪现着关于人类和文明的一个又一个瞬间。

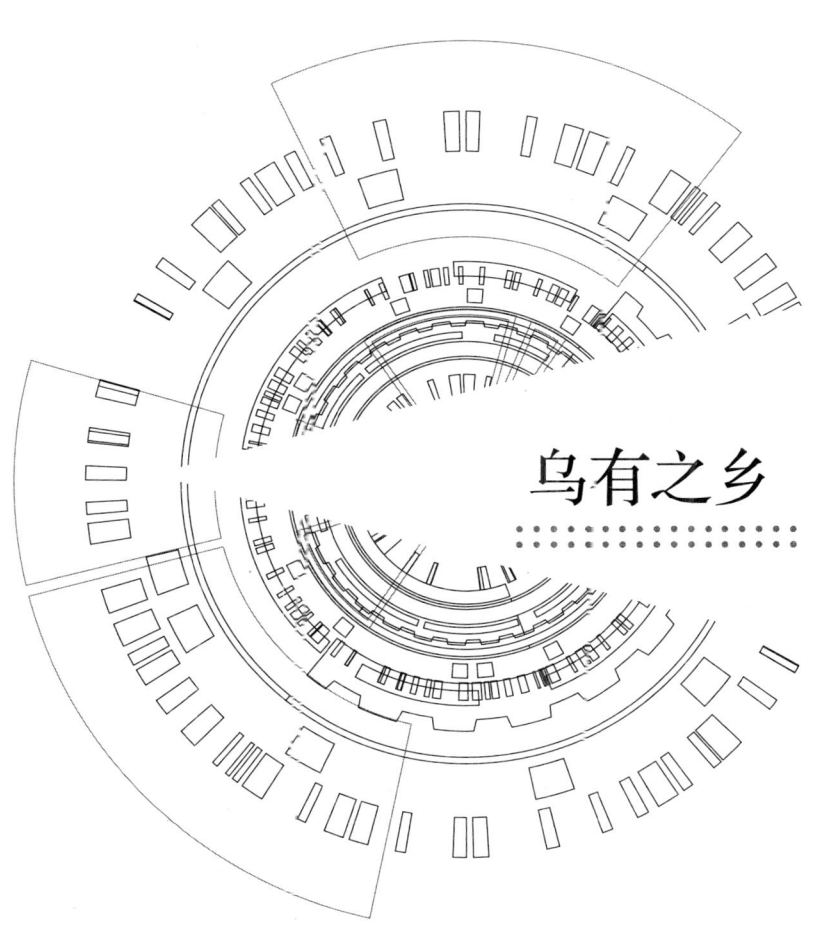

乌有之乡

　　这三天来，胡志强天天做梦。

　　他梦见一幅山水画，月光、高山、虬枝，风动枝摇。万籁俱寂，月色如水，人沉醉其中，恨不得时间就此停下，人世间永远凝固在这一刻。他总是会在这个时刻醒来。现实中他躺在床上，睁眼就是天花板，耳边传来低低的嘈杂声，那是各种声音在都市上空混合之后穿透双层隔音玻璃所特有的声响。一层辉光照在床上，不是月光，是对面的玻璃幕墙所反射的LED街灯——他忘了拉上窗帘。

　　这是一个很美的梦。胡志强甚至想，如果一直在梦中，不曾醒来，那该多好。他躺在床上回味着。

　　为什么会反复做这样的梦？胡志强辗转反侧，试图分析可能的原因。这是一幅画，然而胡志强是一个脑科专家兼心理学专家，这个职业很少和美术发生联系，最近的一次是六个月前的一次美术展。那是一次后现代抽象派展览，除了几张略微有些人形的素描，其他作品除了颜色块还是颜色块，他什么都没看懂。这是一幅水墨画，充满古典的中国风，然而胡志强非常肯定自己是个西派人物，对国学之类不感兴趣。至于漫无目的的想入非非，诊所的生意忙得让人透不过气，清醒的时候，他从来没有对此想过一星半点。

　　让人费解，匪夷所思。一个人的梦总是和潜意识相关，虽然胡志强不是非常赞同弗洛伊德，但对这个论断百分百赞同。他本人是这方面的行家，半真半假地给客户解释他们的梦，绝大部分情况下能让他们欢天喜地地离去。换到他自己，这一套就不行了。通常而言，他并不在意自己做了什么梦，即便偶尔被噩梦惊醒，也只是擦擦汗，翻身继续睡。然而这一次不同，这个梦境太清晰，就象刚发生在眼前。更重要的是，这个梦居然连续三天重复而且如此优美。这简直能要人命！

胡志强在床上静躺了半天，没有丝毫头绪，索性起床，走到窗前，推开窗户。喧嚣声伴随着热浪迎面扑来，胡志强闻到一股强烈的都市气息。

他十八平方米的蜗居在八楼，是噪声最大的楼层之一。距离窗户不远，正好是一条高架路，绵延不断的车流形成移动的光带。从远处看，这是绝妙的风景，然而对于这幢号称都市空中花园的巨楼，却是绝对的败笔。胡志强感到心烦意乱，于是点上一支烟，狠狠抽了两口。

窗台上的两盆仙人掌长势旺盛，在灯光的映衬下，一根根硬刺显得甚是扎人。胡志强把注意力集中在这两株仙人掌上。这种沙漠植物适应了沙漠的极端气候，糟糕的都市环境对他们来说简直像是天堂。

应该多养几株，胡志强想，好养活。

梦境的印痕逐渐地消散。胡志强的心情慢慢恢复平静。

好吧，不用多想了，一个梦而已。明天还要上班。

"我的梦总是很准。"

胡志强礼貌地点头："比如说？"

"有一次我做梦，看见一个邻居从门里走出来，在门口绊了一跤，磕在台阶上，碰掉了两颗门牙。"来客停顿一下，看着胡志强，"第二天，我亲眼看见他磕在台阶上，就和我梦里一模一样。"

胡志强淡淡一笑："可能是你记错了。这种事经常发生，可以被称为记忆错乱。你看到了一些事，时间久了这些事就发生了混淆。这是错觉。"

"这不可能是错觉！"来客激动地挥舞手臂，否定医生的说法，"这不是一次两次，我经常遇到这种事，梦里的事在现实中兑现了。"

"你认为我能帮你什么？"

"我……这是一种毛病吗？我想您是不是能帮我治好。"

胡志强再次微笑。是的，他是一个精神病专家，然而医生的能力是有限的。眼前的这个人，逻辑清楚，思维敏捷。至于他为什么能梦见明天的事，这八成只是臆想，还不构成精神病。

"这样吧，"胡志强微笑着说，"我给你开一些安神补脑的药，你可以回去吃了试试看。我们先看看疗效。"

来客看医生就想这样把自己打发走，有些着急："别，大夫，您一定要帮我看看。您是有名的脑科大夫，要是您还没办法，我就完了。"

胡志强笑着摇摇头，拿起笔准备开药。

来客一拍脑袋："我想起来了，怪不得看您怎么这么眼熟！我前两天做了梦，梦见有人被窗台上掉下来的花盆砸死。死掉的人我不认识，但是我看到了花盆是被人推下去的，那个人是你。"

胡志强愕然："你说我？"

"是的，就是你。你看样子被吓着了，眼睛瞪得很大，很害怕地看着地上的尸体。"

胡志强皱皱眉。这个人冒冒失失闯进来，说慕名而来，却说出来这么奇奇怪怪的话。

"然后呢？"他耐着性子说。

"后面我就醒了。"来客突然意识到自己可能得罪了医生，赶紧说，"这只是一个梦，当不得真。一定是我梦里看走眼了。您还是先给我做个CT检查之类的，看看我脑子里是不是多了什么东西。"

"好吧。"胡志强收起笔，把方子撕下来，揉成一团，丢进纸篓。

"大夫，您这是……"买客尴尬地看着胡志强。

胡志强正襟危坐："我真的没办法。你还是另请高明吧。"他按下铃，让助理把来客领出去。

"别，您听我说……"来客躲着助理，试图继续和胡志强说话，"我可不是开玩笑，我已经找了很多医生，他们都没办法。我是慕名而来的，很多医生都向我推荐你。别不相信，前两天，我梦见你站在台上拿奖，就是昨天电视台放的那个，我真的是先梦见的。你可千万要当心，你的那个事，我梦见了！"

助理连劝带推，把他推出门外。

"大夫，你一定要当心，花盆……"门外有隐约的喊声。

胡志强摇摇头。他的目光落在桌上，左手边放着名片，那是来客递上来的。

新新时代报　记者　任强

胡志强随手拿起来，想丢进纸篓。然而犹豫一下，又放下，随手塞进了抽屉。

是人都会做梦，把梦当真就不好了。

胡志强走到阳台上，点了一支烟。他怎么会对病人这么失礼，这是从来没有的事。客户就是上帝，哪怕是个弱智，也是上帝。

胡志强把烟掐灭。

胡志强又在做梦。

他梦见一个微笑。天空有三只老鹰，两只并排，另一只在它们下方，它们正在黄昏中飞行。浑圆的、红彤彤的夕阳挂在地平线上方，天地相接处一片亮丽的赤色。三只老鹰向着夕阳飞翔，它们的身影被柔和的红色光线勾勒出来，形成三个黑色的剪影。上方的两只鹰向下挥动翅膀，而下方的鹰正向上挥动翅膀，情形就此定格——三只鹰，红色脸盘的太阳，在黄昏的天空中勾勒出一张笑意盎然的脸。这幅画面静止了好一会儿，逐渐地，一张真正的人脸从红色夕阳中浮现出来。那是一张老人的脸，他微笑着，正看着胡志强，似乎意味深长。

一种恐惧感紧紧地攫住了胡志强，他觉得这张笑脸中蕴含着无穷的危险，不由地打了一个激灵。

他发现自己正躺在床上，望着天花板。

难道是中邪了？这一次不是关于那幅从来没有见过的水墨画，但是也足够奇怪。老天爷画出来的笑脸，一个老人的笑脸。这都是什么乱七八糟的东西。

胡志强翻身起床，他发现自己又没有拉窗帘。走到窗边，他突然有种奇怪的感觉，似乎自己曾经就这么做过。记忆错乱！他想起自己白天对病人所说的，这种事也同样会发生在自己身上。他改变了主意，没有去拉窗帘，而是打开了窗户。他想透透气。

仙人掌就在眼前。胡志强伸手去碰触，尖而硬的刺扎在手心里，带来一阵微微的刺痛。这种刺激让他的感觉稍微好点，至少让他感到清醒了许多。突然间，他感到手中一空。胡志强心中一悸，探出身子，向下张望。仙人掌带着花盆，正直直地向下砸去，而楼下的人行道上，正走着一个人。

"哎……"胡志强试图警告，他的声音还没有完全发出来，就听到一声惨叫。

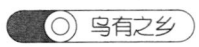

花盆正正地砸中的那个人，仿佛被抽掉骨头般软了下去。胡志强看见红的、白的液体溅得满地。

天哪！胡志强感到一阵害怕，他缩回头，心脏扑扑狂跳。这不是真的，这不是真的！他使劲告诉自己。稍微冷静之后，他再次探出头去。夜晚的街道上灯火通明，一个白色的人影正躺在那里，几个人站在远处，指指点点，胡志强发现有人正向上张望，他赶紧缩回头，关上窗，拉上帘子。他听见了隐约的警笛声。

他呆坐在床上，脑子里一片空白。他等着警察登门。给他戴上手铐，然后带他去幽闭的小黑屋里进行折磨，稍有不满意，就会受到打骂，电视剧里有很多类似的情形。这还是其次，现在他成为了一个杀人凶手，他是一个社会名流，小有成就，颇受尊敬，但很快，他就要变成一个人人唾弃的杀人犯。这也是其次，最重要的是，那个人死了，而他要承担直接责任。想到一个人的生命就在自己的手中终结，他就感到不寒而栗。医生的职责是治病救人，他却杀了一个人。

纷繁复杂的思绪让他呆坐在床上，一动不动，仿佛灵魂出窍。外边的喧闹声慢慢沉寂下去，而警察一直没有来……

胡志强猛然翻身坐起。天已经大亮，光线透过窗帘照进来。胡志强发现自己竟然睡过去了。他匆忙起身，胡乱洗漱之后出了门。也许是因为这个小区特别有名，住了很多上流人士，警察不方便晚上进行调查。但出了人命，他们终究会来的。他愿意伏法认罪，但是在警察来带走他之前，他要找到那个奇怪的访客。访客所说的一切都是真的，既然梦成了现实，他想知道接下来会发生什么。除了蹲监狱是不是还有别的选择。

走出小区大门，胡志强发现几个警察正在巡逻，一条警戒线拉在路边，一辆外地车牌的车被拦下靠边，一个警察正在盘问。巡逻警看了他一

眼。胡志强赶紧低头匆忙走过。走过警戒线他连看一眼事发现场的勇气也没有，几乎是跑着过去。

他冲向自己的诊所，抽屉里放着那个奇怪访客的名片。

名片上没有电话，只有一个地址：三宝大街999号。

这是一个很冷僻的巷子。很难想象这能被称为一条大街，来回就一条车道。巷子里已经有一辆车，胡志强只好把车停在路边，走路进去。

999号在巷子尽头，是一个老房子。很久以前的洋楼，已经破败，窗玻璃上积满灰尘，墙角边长满苔藓，门前的石板开裂，几株野草从缝隙中长出。这里很少人来。任强却住在这里，至少名片上如此。

他发现门铃是光亮的，说明它经常会被人摁下。胡志强急切地按下门铃。

任强出现在他面前。他看着医生，眼光冰冷，全然不像昨天去诊所那个土头土脑的家伙。胡志强原本想好一见到他，就用力揪住他，大声质问，然而看到他的眼神，竟然有些害怕。

"跟我来。"他简单地说。这话仿佛有魔力，打乱了胡志强的一切计划，他乖乖地跟着任强走进去。

客厅狭小，而且光照不足，当胡志强适应了黑暗，看清了正对大门的墙壁上挂的东西，他不由自主地叫了一声："天呐！"

墙上挂了一幅画。山水画，是一幅杰作。月光如水，高山巍峨，苍松枝虬叶劲，一根根松针尖利得仿佛要扎破纸面。

这三天来，他每天晚上做梦，梦里就是这幅画，栩栩如生。

任强转过身："你见过这画？"

胡志强点点头，额头上冒出冷汗。一个人的梦真的能变成现实？他是一个有名的脑科大夫，精神病学专家，从来不相信这种怪力乱神的东西，

但此刻，他只觉得脊背嗖嗖发冷。

"来了？"突然，里屋传出一个虚弱而嘶哑的声音。

"来了。"任强对着门，毕恭毕敬地说。

"让他进来。"

这声音仿佛是从坟墓的缝隙中传来，没有一丝生气。胡志强拼命控制自己，没有夺路而逃。他是来寻找真相的，决不能这么没有志气。

任强示意胡志强跟着他。里间的小门打开，他们先后走进去。

进去之前，胡志强一直盯着屋内墙上的一幅画。画上有个人物，正在月光下舞剑，这是他的梦里没有的。进门的一瞬间，胡志强仿佛看见画上的人转动眼睛，也正盯着自己。

他的胆魄在这一瞬间烟消云散，他打算马上逃离这个地方。然而一双有力的手拉住他，把他拉进了门。

门倏然关上。

胡志强惊魂未定，腿脚发软，一屁股坐在地上。

屋子不大，只有十几平方米，很黑，左侧的墙边隐隐约约地排列着许多大玻璃罐。屋子尽头有一个躺椅，上边坐着一个人，看上去是一个老头。右边还有一扇门，紧闭着。

"对客人要有礼貌。"老人训斥任强。

"是。"任强很恭敬地回答。

"医生，站起来吧。"老人平静地说。

胡志强整理好衣服，站起身，他强迫自己强硬起来："我不知道到底发生了什么，但是你们必须给我一个解释，你说做梦看见的，我不信。给我解释，否则我就去报警……"他的声音突然间变得很轻，他看清了那些靠墙的架子上瓶瓶罐罐里装的是什么。在医学院的日子里，他每天都和这些东西打

交道，然而突然在这里看见，却让他不由自主感到害怕。那是人脑，一个个人脑，泡在类似福尔马林的溶液里边。一束电线从墙后边穿出来，伸进瓶子里，散开，仿佛一只八爪鱼，伸出触手，把脑子紧紧包裹在内。

密密麻麻的人脑，至少有三十个。

胡志强咽下一口唾沫。虽然他见惯了各式各样的人脑标本，但还是第一次看见有人把脑子摆成这种阵势。

"的确是梦。但不是任强的梦。"老人说。

"那是谁的梦？"胡志强勉强说，他只想尽快离开这里，但残存的一丝理智让他仍旧站着。

"你的梦。"老人说。

"我的梦？"胡志强疑惑地反问。

"你梦见了前厅的画，是不是？"

"是的。"胡志强有些惊魂未定，他从来没有和任何人说过这个。

"我梦见了你。"

"我不明白……"

"你走进了我的梦，孩子。你走进了我的梦。"老人喃喃地说。

"您能否……解释得清楚一些？"

灯突然间毫无预兆地亮了。整个屋子里异常明亮。老人坐在椅子上，全身黑衣。他直直地看着胡志强。那张躺椅胡志强很熟悉，是安伦公司的产品，最先进的医用手术椅。胡志强的目光落在老人的头部，他戴着一个小小的头罩，电缆连接着头罩和椅子。

老人咧开嘴，冲着胡志强一笑。胡志强只觉得耳边一阵轰鸣。这张脸，这诡异的微笑……是的，就是这个诡异的笑脸，昨晚让他从睡梦中惊醒过来。

"你在我的梦里，我在你的梦里。"老人说，低柔的声音仿佛具有磁性，正把胡志强的魂魄吸走。

"这不是真的！"胡志强失魂落魄，喃喃自语，不经意间他瞥见了任强。任强正盯着他，眼里闪烁着一丝嘲弄，他似乎正幸灾乐祸。胡志强更是感到心里一沉。

"别着急，慢慢来，你有时间来适应。但今天，我希望你了解一些东西。"老人说着点点头。

任强走到胡志强身边，做出一个请的手势。

胡志强没有挪动脚步，并不是他不想跟着任强走，而是腿脚发软，走不动。

任强架住他，半推半拉地向着里边走。里边有一道隐蔽的门。门打开后，任强把胡志强推了进去。

门里边的一切让胡志强目瞪口呆。

这是一个展览馆，展览着世界各地各种各样奇怪的梦境，用图片配上文字说明来描述每一个梦。

这些离奇的梦，每一个都很古怪。比如有人梦见了血一般的天空里，太阳是蓝色的。还有人从悬崖的高处往下落，发现了一个神秘山洞，洞里边，找到了失窃的珠宝。最神奇的一个梦是，做梦的人看见一起凶杀案，他看见了凶手的脸和每一个细节，甚至包括他打手机时上面的电话号码，惊醒过来之后，梦境栩栩如生，他不得不打电话找警察，警察根据他的描述，果然当场抓到了人，而报案人打电话的时候，凶杀却还没有发生。

胡志强在这个梦境前站住。他听说过这件事，当时不过是当作一桩奇闻。他曾和朋友们谈论这件事，认为其中必有隐情，真相只有一个，说不定那个报案的就是凶手之一。然而在这里看到这个梦境，他不禁疑虑重

重：这些梦境，难道都是真的？

"这些梦境毫无相似之处，唯一的相同之处就是——它们都应验了。"任强站在一边解释。

"世界上竟然还真有这种事！"

"有很多这种事。但这种神奇的能力，只有很少的人才能拥有。某些人偶尔会做这种梦，有一些是预言，更多的是已经发生的。但是极少的人，会一直做这种梦。"

"我是其中之一？为什么以前从来没有发现。"

"谁也说不准，二十二岁那年他们找到我，我才发现自己有这种能力。一百六十万人里边，只有一个人会有预言梦，但也只是偶尔才会梦到。会做预言梦的人里边，只有不到十分之一能保持你这种能力，我们需要的就是这种人。如果他们不找到你，可能这一辈子你也不知道，只是有时候会觉得一些场景似曾相识。"

"他们？"

"这是一些为了高尚的目标而存在的人。你还没有加入，我无法告诉你更多。"

任强示意胡志强往回走："今天就到此为止，你先回去。"

"回去？"胡志强想起自己来这里的目的，慌忙说，"你梦见我推了一个花盆下来，结果真的发生了，我真的杀了人，你告诉我接下来怎么办，你还做了什么梦？"

任强微微一笑："没关系，你可以放心回家。如果有任何麻烦，我们都会替你解决。"

"真的？"胡志强半信半疑。

"你了解得越多，就会明白我们的力量到底有多大。你可以一万个

放心。"

任强的语气让人不得不信。胡志强不知道该说什么，只有暂时相信任强的说法。

他们顺着原路退回。老人已经不在那儿。

"我可以知道那个老人是谁吗？他说我走进了他的梦里。"

胡志强注意到任强的脸上有一丝转瞬即逝的不快。

"他是首席梦师。我的引路人。"

"引路人？你是说他带你进入这个神秘组织？"

"没错。"

"首席梦师，他是你们当中最强大的一个？"

"你问得太多了。"任强干脆地终止了话题。

胡志强三天没有出门。拔掉电话，紧闭门窗，蜷缩在沙发上。

他三天没有睡觉，生怕一睡下去就会做梦。他害怕那幅眼睛会动的画，那个老人，还有那张诡异的笑脸。

这些梦境变成了现实，让人感到不可思议。他更害怕任强。四天前，当任强告诉他，他会用花盆砸死一个人，他嗤之以鼻。第二天，花盆真的被自己碰掉，不偏不倚地砸中了路人，而且就在自己眼前。这个不幸的人脑浆四溅，当场死亡，他当场傻了。当他从三宝大街回来，小区门口的警察早已经不见，现场没有任何痕迹。他抬头看自己的窗口，两盆仙人掌赫然映入眼帘。

他不知道怎么描述当时的感觉，这比他真正杀死了人更可怕。一切都只是幻觉？是任强看见了未来，还是他控制了他的梦？让梦超乎想象地真实，仿佛那就是现实。胡志强看着平静的小区和窗台上的两盆仙人掌，回

想昨晚经历的一切。他使劲拧了拧脸上的肉，希望如果此时是梦境，他能够醒来。要么花盆砸死人是一个梦，要么眼下他就在梦里不能自拔。无论哪个选项，都让胡志强不寒而栗。这些人不仅仅是预言师，还能在别人的脑子里催生幻觉，改变现实的方向。

这太可怕了！

胡志强不敢睡觉，不敢出门，只是蜷缩在沙发上，张大充满血丝的眼睛，强迫自己不要睡着。

然而睡眠是不可阻挡的，他还是睡着了。

他居然梦见了任强。这个身强力壮的年轻人仿佛抓小鸡一般把老人抓起来，扔在地上。他被惊醒了。

这不可能是真的！他告诉自己。

这可能是真的！他再次告诉自己。那些人之所以找到他，不正是因为他也有同样的天赋吗？

外边黑漆漆的，正是半夜。

"我的梦总是很准。"胡志强突然想起任强说过的这句话。他仿佛看到任强幸灾乐祸的神情。也许他的梦和任强一样准。他像弹簧一般从沙发上跳下来，抓起外套，冲出门。

外边在下雨。胡志强没有回去拿伞，他冲进雨里，钻进汽车。

车子很快开动起来。突然间，胡志强感到有些不对。他转头，任强居然坐在后座上，看见他转过头，任强微微一笑："我等你很久了。"

胡志强很快镇静下来："你在我的车里干什么？"

"你做了什么梦？"

"不关你的事。"

"三天来我一直在这里守着，就是想看看你做什么梦。不妨告诉我。"

胡志强紧急刹车。他沉默了一小会儿，说："你为什么要监视我？"

"告诉我你梦见了什么，我就告诉你为什么。这个交易很公平。"

"你自己不会做梦吗？你的梦不是一向很准吗？"

任强挤出一个笑容："每个人都有自己能看到的，也有看不到的。说不定你可以告诉我一些新奇的东西。"

"你为什么这么关心我的梦？"

"好奇而已。告诉我你梦见了什么。"

"我梦见……你在那个屋子里，就是到处都是脑子的屋子。"

"哦，还有呢？"

"你对着我笑。然后我就醒了。"

"就这样？"任强微微皱眉，看着胡志强，带着几分怀疑。

"是这样。"胡志强毫不回避他的眼光，"轮到你告诉我这一切是为什么。为什么找上我？"

任强并没有回答。他接着问："这么晚，你想去哪里？"

"三宝大街999号。"胡志强毫不犹豫地回答。

"很好。这一次是你自愿去。在那儿你会看到更多东西。"

雨下得很大。这一次，巷子里仍停着车。胡志强跟着任强踩着水跑过去。

他们进了门，打开灯。

任强一言不发，走进里屋。胡志强跟上去。

他再次看见了那些排列在架子上的人脑。老人并不在。

任强走到一个大玻璃瓶前站着："我们长话短说，我来告诉你答案。这些罐子里装着很多人的脑子。你是脑科专家，肯定比我更熟悉它们。只不过，这可不是标本，这些全都是活的脑子。它们活着，从活人的脑袋里取

出来，一直活着。"

胡志强舔了舔嘴唇。活体大脑，这听起来惨无人道。某些蒙昧的原始部落有吃人脑的习俗，他们以为吃掉一个人的脑子就是得到了他的智慧和生命，这里可是文明昌盛的S市，只有疯子才会认为，把这么多人的脑子取出来泡在福尔马林似的溶液里，就可以得到他们的智慧。"真是疯了。"胡志强说。

"没有人发疯。你已经看到，你的梦多么接近真实。如果利用这个脑阵，你更会发现一切妙不可言。"他拿起那个小巧的头罩，"想试试这种感觉吗？"没有等胡志强回答，他已经放下，"等你成为合格的梦师，你才有机会。"

胡志强摇头："你还没告诉我为什么找我。"

"做伟大的事业总需要天赋，你碰巧有这种天赋。"他走到右手边的门前，推开门，"我们再进去看看。"

胡志强半信半疑地走过去，向门里边张望。门里边仍旧是那个巨大的展厅。

"我已经看过了。"他说，拒绝走进门里。

"你只是看到了展览而已。左手边，有一个螺旋扶梯。"

胡志强转身，他担心这是任强的陷阱："我不想去，你可以直接告诉我前因后果。"

"你担心我会做些什么？"任强仿佛看穿了胡志强的想法，"我不会那么干的。你是被选中的人，我的任务只是引导你。前因后果自然有人会告诉你。"

胡志强看着他，突然之间，他有一种强烈的预感——他必须下去。任强说的都是真的，然而还隐藏了些什么。他想起梦中任强残忍地对待那

104

人，不知道那人的命运如何. 很可能死了，那样狠狠地摔在地上，对一个老人来说凶多吉少。如果那真是将要发生的事，他要阻止它。

胡志强进了门，顺着楼梯走下去。

楼梯很深，直下大概十多米，然后是一条笔直的隧道。隧道里有灯，尽头是一扇门。

任强挤到胡志强前边领路。他准备打开门，突然停下："你上回来的时候，说看到过前厅的那幅画，那幅画曾经在你的梦里出现过，是吗？"

"是的。"

"你看见那个画上的人有些什么异样吗？"

"没看出来，因为我的梦里没有那个人。有什么问题吗？"胡志强毫无破绽地撒谎，他认为不能对任强讲真话。

"没什么。"任强转身推开门。

这里像是一个图书馆，无穷无尽的书架，无穷无尽的书。房屋里还有几张大桌子，宽敞的扶手椅零零散散地分布在桌子边，其中一张扶手椅上坐着一个人。

扶手椅转过一百八十度，椅子上向着胡志强微笑的人，正是那个被称为首席梦师的老人。

"欢迎回来，胡医生。我知道你一定会回来。"

一切看起来和梦中的情形毫不搭边，老人一切正常，任强则恭敬地站在一旁。

胡志强微微有些怒意："你们扰乱了我的生活。"他扫了任强一眼，"我要求你们停止这么做。不然我要去告你们。"胡志强马上意识到自己的话属于陈词滥调，非常可笑，但这是他所能想到的最有威胁的话。

"我只是希望能得到一个最优秀的梦师。我们需要有天赋的人，找到

一个合适的人不容易，一个像你这样有极高天赋的人，更是凤毛麟角。"

老人的话很诚恳，胡志强竟被打动了，略微沉默之后，他问："你们到底是什么人？"

"我们中绝大部分都是梦师。当然，对外有一个更好听些的名字——发展预测学会。这个机构你在读博士期间可能听说过，但是你嗤之以鼻。"

发展预测学会。胡志强想起学校里的确有这么一个学会，曾经有人找过他，想让他加入，他拒绝了。

骗子和神棍，这是他曾对那些预测达人们的评价。此刻，这个骗子和神棍的学会又在要求他加入，而他正在很认真地考虑这个问题。这似乎是一件非常荒唐的事。

"我真没有想到……我一直以为这种事是伪科学。"

"这种认识很好地保护了我们。我们是秘密机构，我们给某些部门提供意见，但他们在公开场合从来不承认这点。我们帮助他们预见未来，采取决策，而他们保护我们。只有极少数人知道我们的存在。可以想象，如果所有人都知道我们是梦师，我们有预见未来的能力，我们当中没几个能活下去。好的情况是他们把我们当作神，坏的情况是把我们当作恶魔，总之我们不会被当作人看待。好的情况还没有得到验证，坏的情况已经发生过很多次。所以我们一直是秘密机构，表面上，我们就是一群故弄玄虚的妄想狂，至少这样，我们可以正常地生存下去。"

"这就是你们的秘密机构？我为什么要加入这样一个秘密机构？预测未来这种事有什么意义？我的事业很美满，我对预测未来毫无兴趣，我宁愿多治疗几个病人。"

"一个人的力量是单薄的，如果你只是一个人，那么你的梦的确没有太多意义，你只是偶尔能看一眼即将发生的事，对这个世界也没有什么影

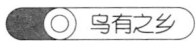

响。然而我们是一群人，已经有许多成功的经验。”老人站起身，走到书架边，拿出一本书，放在桌上，“这本书里记录着我们所有的成员，包括已经死去的，总共有一千六百多个名字。”他微笑着看着胡志强，“你对于这份名单是否有兴趣？”

胡志强摇头。

“好吧，你只需要知道大概。”老人缓缓地翻动书本，“这些人绝大部分是精英，其中很多人的名字在历史上也熠熠生辉。他们的加入，当然不是为了看一眼未来。他们是想预测未来，然后试图改变它。”

“你是说改变未来？”

“是的。改变它，将它彻底引导到另一个方向。避免那些丑陋的、无益的、注定失败的事情发生。”

“这可能吗？”

老人微笑着合上书本：“学会成立了五十二年，我们已经阻止了三十多起重大的恐怖袭击，成功地改变了三次总统大选的结果，避免了两次局部战争，还有许多次的暴乱。至于让那些烦躁的人们得到心灵平静的事例，更是无法计数。让这个社会更加和谐，让世界尽可能美好，是我们的最终目标。”

胡志强沉默着。如果他们能够像任强一样，给人制造幻觉，那么改变未来并不是一件不可能的任务。他们可以给各种人以各种梦，就像他在梦中看见天空中展露的笑脸。这样的异象对于大众就不是巧合那么简单，人们会相信这背后必然有某种含义。

事情看起来符合逻辑，但却大大超出了胡志强认知的藩篱，并且将他的人生观打得粉碎。他只觉得成千上万的蚂蚁在头脑中踯躅，把脑子搅成一团浆糊。沉默良久之后，他说：“这究竟是怎么回事？为什么这样的梦

能够存在？"

老人站起身："你是在问为什么像你这样的人能够预测未来？我并没有确定的答案，至今也没有一个确定的理论体系来解释我们的能力。我们并不是理论家，而是实干家。当然我们也并非一无所知。跟我来。"

老人领着胡志强走进了书架深处。光线幽暗，空气中散发着书香，胡志强恍惚间感觉自己进入了一条时光隧道，回到了青葱的校园时代，而前边领路的，是一个须发皆白的魔法师。

"就是这里。"老人突然停下，他们面前是一个巨大的书架，一排排密密麻麻的书，从地板直到天花板，"这些书也许能给你提供答案。"

胡志强走上前。

《薛定谔的猫——世界的量子力学图景》《真实的世界》《关于六十五个梦的分析》……

"这些理论并不是最重要的，当然，如果你想了解情况，可以看一看，最好从最上面一排开始。"

胡志强在图书馆度过了整个晚上。他翻来覆去想入梦，想看一看未来，然而他始终睡不着。

老人的话一直在他的脑子里徘徊。

"每一个人的大脑都有特殊之处，它向外散发着微弱的信号，也受到外界的微弱影响。地球上各种各样的事件错综复杂，汇聚成各种可能的图景，每种图景都有一定的概率发生，距离此刻越近，某种图景的概率就越接近一，在紧接的一个瞬间，概率几乎就是一，所以人们常常觉得时间流逝，一切都很正常。他们通常意识不到这是可改变的。梦师的特殊之处在于脑波能够和地球上的未来图景谐振，看到那些最大概率发生的事件。梦师的能力越强，能够看到的未来越远，那么未来就越有可能改变。这就像开夜路的司机，我们的未来在前方的黑暗之中，随着车子的前行而逐渐浮现，一般人只能看见一团黑暗，无法上路，梦师就是那些能够看得更远的司机，他们可以更安全地驾驶。"

"这是可改变的。"胡志强对自己喃喃自语。

他已经被说服，甚至明白了任强给他设下的局。任强故意去诊所，告诉他整个事情的经过，让他在潜意识中留下印象，然后，借助脑阵，进入到他的潜意识中。他的脑波比常人更敏感，从好的方面说，更容易接收那些通向未来图景的谐波；从坏的方面说，也更容易被定向激发，尤其是当梦中的场景已经被预先植入。

他想到自己的梦境，到底是未来的场景，还是一次被控制的梦？他认为这不是任强控制的梦，因为毫无必要。他不由为那个对自己的职业充满自豪的老人担心。

一个合格的梦师，在背后推动整个社会的走向，这事至少看起来比一个一个地治疗病人更富有挑战性。胡志强翻开了那本名录，看到了许多显赫的名字。他惊讶地发现自己的导师，强式精神分析法的创始人王大铺也赫然在列。他在十三年前就死了，胡志强还参加了追悼会，然而他的大脑就在脑阵之中，就在三宝大街999号，他竟没有死。导师做出了这种选择？！在那个小小的房间，浸泡在液体中，又通过电缆联系在一起的头脑矩阵。

"一个人可预见的东西是有限的，所以我们设计了脑阵。在S市，集中了三十四位杰出的梦师的大脑，他们仍旧活着。没有任何强迫，这些脑子通过计算机网络对外交流。只要他们觉得生活失去意义，随时可以终止这种状态。但是他们都很愉快。脑阵通过首席梦师的协调可以预见更远的未来，更广阔的图景，还有那些可能变更未来的细节。他们很享受自己给人类带来这种安全感。"

脑阵中，一个个活的大脑通过电缆连在一起，它们都是最杰出的头脑。它们的能力如此之大，以至于整个世界的未来图景变得异常清晰。当一切还没有发生，有人就已经了解最后的结果，这是多么巨大的诱惑！透过脑阵，首席梦师几乎把整个世界都掌握在手中。

这些超级人类不仅仅能预测未来，还能更改未来，甚至在不知不觉中改变人类。当人们在深夜中熟睡，脑阵发出的信息悄无声息地植入人们的潜意识中。当他们醒来，任何事仿佛都没有发生过，然而该改变的已经改变。有的人变得软弱，有的人变得暴躁，有的人对于某样东西变得分外敏感，甚至，昨天的好朋友今天会成为陌路人……脑阵几乎无所不能，它可以深入而不留痕迹地把世界搅得天翻地覆。

"所以，我们需要一个有能力也有自我控制力的首席梦师。当然，我们有秘密的监督，因为一旦一个首席梦师决定让世界陷入噩梦，后果在被纠正之前是极其可怕的。"

是的，后果极其可怕，也极其诱人。肯定有心术不正的人试图成为首席梦师，他们会使用各种手段。任强的脸浮现出来。胡志强几乎断定他想要做些什么。然而，他的梦境并不够清晰，他无法知道何时何地，或者那只是一个隐喻式的梦。

如果老人所说的一切都是真的，他真具有这种天赋，那他应该能够看清将要发生的事情。

胡志强再次强迫自己趴在桌上，试图入梦，但他没有成功。

他不知道是不是有机会在任强不在场的情况下和老人谈谈这个问题。

不知不觉中，他睡着了。

连续三个星期，胡志强居然没有做任何梦。

他关闭了诊所，到医学院进行深造。这是发展预测学会给他设计好的

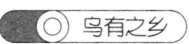

身份掩护。

他夜以继日地学习关于梦师的各种技巧，绝大部分和他做心理医生的理论没有太大不同。最大的不同在于，医生只针对病人进行分析，梦师却需要对所有人的潜意识进行分析，没有脑阵的帮助，这是不可能的。梦师仅仅是预言家，结合了脑阵的梦师却可以成为他人的引导者，隐藏在黑暗中的推手。

胡志强对脑阵产生了强烈的兴趣。然而在获得正式的梦师资格之前，他没有机会真正接触脑阵。也废寝忘食地读完了所有的关于脑阵的资料，这些资料并不难懂。当然有些部分并不是他的专长，比如，人脑如何和计算机结合？一颗大脑离开了它的生存环境，它是否还是一个大脑，哪怕它仍旧活着？他仔细研究关于脑阵的理论，却产生了巨大的疑问。他准备找李老谈谈。

李老就是他梦见的老人，首席梦师。

任强仍旧跟着李老。三个星期内，胡志强见到李老四次，每一次任强都在场，站在一边，似乎是李老的贴身保镖。他对于胡志强和李老的谈话并不感兴趣，只是默默地站在一边，一句话也不说，只当自己是空气。胡志强却始终感到不自在，那个噩梦挥之不去，他想警告李老，却一直找不到机会。

"我对脑阵有些疑惑。那些贡献了自己头脑的人，哪怕当初他们是自愿的，成了脑阵的一部分之后，他们还是自由的吗？"

"当然，他们和计算机网络紧密结合在一起，随时可以表达他们的愿望。"

"单是三宝大街999号脑阵就有三十四个头脑，在全国，总共有十七个脑阵。这几百个头脑在脑阵里，他们的所有想法都会明白无疑地被首席梦

师捕获到。过去的三十年间，没有一个头脑要求结束生命，哪怕这样的想法也没有。这是事实吗？"

"没错。"

"这是一件费解的事，"胡志强说，"如果是正常的人，十万人中每年会有大约二十人自杀，产生自杀念头的人数大概是两百人到三百人，概率为千分之二到千分之三，这是一年的统计数据。如果累计三十年，那么一个群体发生自杀想法的概率至少上升到百分之五。所有脑阵有近六百颗头脑，如果三十年间一起自杀意念都没有，那么就意味着某些方面出了问题。"

老人微微抬了抬眉毛："说下去。"

"我想脑阵在伦理上是有缺陷的，它把人脑从身体里剥离出来，也就消除了它的独立人格。大脑的活动是对外界刺激的反应，他们被禁锢在脑阵中，无法和外界发生互动，他们所接受的一切都被首席梦师控制。在某种程度上，是首席梦师决定了他们的生死。"

胡志强有些收不住自己的想法，他本想用一种委婉的方式来表达对于脑阵的不安，然而面对默默聆听的李老，他一股脑儿地把最真实的想法说了出来："操纵一群人，操纵他们的自由意志，我觉得这样的做法很恶心。"

任强显然并不是空气，他听到了胡志强大逆不道的说法，猛然转过头："你胡说些什么！我们所做的一切都是为了让社会更美好。这些前辈梦师为了自己的梦想编织脑阵，他们当然是自由的。"

李老制止了任强的责难，对胡志强说："你的顾虑不无道理，但是不用担心，脑阵不是囚室，而是天堂。"

"何以见得？"

"我是首席梦师，我每天接触脑阵，他们很快乐。"

"您和他们有交谈？"胡志强两眼放光。

"不是交谈。他们的脑波非常和谐，让人沉醉。"

胡志强略有几分失望："如果您没有和他们单独交谈，怎么能断定每一个都很快乐？"

李老微笑着："梦师不需要交谈。我们通过脑阵来感受人群的潜意识，也通过脑阵感受彼此。"

"那可能是梦师控制了脑阵的输入。说到底他们的喜怒哀乐取决于您，甚至可能，他们的生死也取决于您。"胡志强乃旧没有放弃主张，"所以您说，我们需要一个具有自我控制能力的首席梦师。虽然脑阵里的每一个头脑都是独立个体，他们却并不能分辨到底在做什么，这一切都要依靠梦师来提供，这也是原因之一吗？"

"我们需要一个具有高度责任感的首席梦师，因为他是最后做出决定的人。脑阵并不是工具，也不是被梦师所控制的傀儡，他们感受那些漂移的脑波，和梦师一道解读，减弱或加强可能的趋势。梦师和脑阵是平等的伙伴。"

胡志强的表情表明他并没有被说服。

李老保持着微笑："如果某些东西和你的常识相违背，最好的办法是实践。对人来说没绝对真理，只能在体验范围内判断真假。我可以给你提供一次机会。"

"这怎么行！"任强失声叫了出来，"只有合格的梦师才能使用脑阵。"

"每个人都是从不合格到合格，我们可以帮助他。"

"但是他来了才一个月，连适应性训练都没有做。我计划下个月带他去B市的训练中心，已经预约好了。"

"没关系。"李老淡淡地说，他看着胡志强，"既然他能够走入我的梦里，就适合梦师这个职业。"

　　"可是……"任强仍旧试图争辩，李老却直截了当地说："我们不用墨守成规。"

　　"你准备好了吗？"李老问胡志强。

　　胡志强有一丝慌乱，他只是想搞清脑阵的问题，却没料到李老打算让他体会脑阵。脑阵是绝密，只有通过了资格认证的梦师才能接入。

　　"我……"胡志强不知道该说什么，他发现任强狠狠地盯着他。

　　"没关系，你会找到自己的路。"

　　胡志强躺在手术椅上。他最后一次睁开眼睛，李老正注视着他，他勉强露出一个微笑，心情忐忑不安，仿佛就像初次约会中的等待，又有点像战士冲锋前的守候。头罩缓缓地降落下来，胡志强觉得头顶有一阵压力。然后他感到很深的倦意，很快就失去了知觉，陷入昏睡。

　　他仿佛正在云中漫步，白色迷雾四处弥漫，没有上下，没有前后，方位失去了意义。他在那儿，没有自身，甚至没有形态，仿佛只是一道思维的电波。他看到一缕光，便向着光线靠拢。光线是游移的，他也随之起舞，突然间，微弱的光线变成了巨大的光柱，照射在雾气上，化作七彩，一条彩虹般的大道从眼前一直铺到天边。

　　我应该走上去，他这样想。一瞬间他成了一个人，一个翩翩少年，穿着丝绸般柔软的白袍，手中拿着一管竹笛。他抬脚走上彩虹桥，越走越高，心情越来越快乐。最后，他拿起笛子吹奏起来，悠长的笛声在整个空间回响。金色的大鸟从天边飞来，绕着他盘旋，发出清脆的啼叫，应和笛子的曲调。突然之间落英缤纷，各种颜色的花瓣从天而降。

　　彩虹桥的尽头是一片虚空。他停下来，继续吹奏，越来越多的飞禽走兽凭空出现，簇拥在他身旁，仿佛被笛声所迷醉。白色迷雾慢慢变得澄清，蓝天在头上，白云在脚下。一曲终了，竹笛倏忽之间消失不见，他微

微一笑，纵身跳入眼前的虚空。

白衣少年转眼间不见，化作了一缕游魂。无穷的深渊，永不停止地下落，时间仿佛到了尽头。他沉浸在狂喜之中，哪怕最漫长的等待也仿佛只是一瞬。天空中出现了太阳，红彤彤的，仿佛夕阳的颜色，却正正地挂在头顶。三只鹰从远方飞来，两只在上，一只在下，它们的翅膀并不动，保持着固定的姿势，仿佛正在滑翔。突然间它们扇动翅膀，上边的两只翅尖朝下，下边的一只翅尖朝上，刹那间，它们和太阳一起，构成一个巨大的笑脸。就在这一瞬间，他冲天而起，一头扎进了太阳之中。红色的太阳仿佛一个绵软的球，又像是海绵一般把他牢牢地吸住。

他感觉到自己融化在这无物之阵中，被扯散，被吸附。这是从未有过的体验，他感到自己正沉入一个欢乐的海洋，就像一滴水融入大海。在大海的底部，他感觉到一些蠕动的小东西，它们仿佛小小的毛虫，被包裹在厚实的茧中，不甘拘束，使劲挣扎。他近距离地靠近它们，显然小东西也感觉到他的存在，它们变得惊恐不安。一些快速地扭动几下，倏忽之间消失得无影无踪；还有一些把自身扭曲起来，又突然间张大，仿佛受到惊吓的河豚，张开身体，让自己显得大一些，希望敌人就此退却；只有少数的几只小虫并不在意他的到来，自顾自缓缓地蠕动。他对其中一只产生了兴趣，便贴近它。近距离观察发现那并不是一只小虫，它像是一个玻璃的瓶子，又像一个放大了上千倍的细胞。他给了它们名字——玻璃虫。玻璃虫透明的壳子里面，无数的小点飞快地游移，杂乱无章，彼此间不断碰撞，就像一场欢乐的盛会。他穿了进去。突然间，一切都消失不见，瓶子，还有里边的一切，仿佛从来不曾存在。这一瞬间，他突然意识到，在世界的彼岸，可能有个人正从梦中惊醒，大汗淋漓。

忽然间，周围的一切都开始生长，变得巨大，曾经的小虫成了巨无

霸，而他自己仿佛一个渺小的水分子四处游荡。一些不曾被注意的裂隙显现出来。裂隙里，有一层浅浅的膜，闪烁着五颜六色的光，他好奇地靠近去看个究竟。突然间，一个气泡从裂隙中冒出来，快速增大，很快，形成了一只新的玻璃虫，随着其他虫子一同摇摆。玻璃虫不断地从裂缝中生成，然后毫无征兆地毁灭，生生不息。绵延不断的暗红色平原上，永远伫立着这样一座奇特的森林。

他好奇地在裂隙上方游走，想看一看那里面究竟有些什么。他不断地下降，再下降，试图进入裂隙深处，然而那并不是一条深不见底的沟，而是一道深色的条纹，他撞在了条纹上。突如其来的巨大张力仿佛要将他撕裂，他感到自己的身体鼓胀，然后是绵绵不断的拉力，仿佛要被吸入到裂隙中，被无限压缩、压缩、再压缩。

救命！这是他唯一的念头。

黑色条纹散发的力量突然间消失，他恢复了自由。他不断向上，向上，直到玻璃虫平原的全貌再次展现出来。玻璃虫仍旧在蠕动，数量却越来越少，暗红色的地块露出它的原貌。看上去，它像一块大脑，布满脑回。

极致的欢快再度袭来，他沉浸在一种忘我的快乐之中，然后渐渐地陷入沉睡。

胡志强醒了过来。他不愿意睁开眼睛，仍在回味脑阵中童话般的经历。

李老柔和的声音传来："你觉得怎么样？"

胡志强睁开眼睛，没有说话，只是点头。

"脑阵和梦师并不存在控制和被控制。脑阵是基地，而梦师是尖兵，彼此获益，彼此共生。不用担心伦理，新的关系，必然有新的伦理。"

"我明白，"胡志强说，他翻身从手术椅上坐起来，"我看到的，就是梦吗？"

"这只是第一层次。你还没有学会怎么观察这些梦。这就是我要教给你的东西。还有，你必须学会在脑阵中做梦。"

"在脑阵中做梦？"

"是的，只有这样，你才能把自己的梦放入别人的梦境中。"

胡志强想了想："我在梦中看到的屋子外边那幅画，是您放在我的梦中的？"

"并不完全如此。我只是广播了我的梦，而你跳了进来。"

"什么意思？"李老总是话里有话，胡志强不想去猜。

"这是一个梦局，只有有缘人才能解开。我把图景通过脑阵传播出去，我们有许多点，能够传播和加强这样的谐波图景。我在全市进行广播，上千万人中，只有你的脑子抓住了它，把它变成了真实的图景。连续三天，我终于找到了你，就让任强去把你找来。你就是那个有缘人。"

胡志强看了看四周："任强呢？"

"他上班去了。晚上是梦师的工作时间，白天，我们都有自己的正当职业。"

胡志强觉得机不可失："李老，我到这儿之前做了一个奇怪的梦，和任强有关。"

"梦见你杀了人？任强和我说了，这是他不对，不该吓着你。一个梦师不能滥用自己的能力，我已经警告过他，你也放宽心，不用太计较。你们以后还要合作。"

胡志强本想说关于任强袭击李老的梦，然而李老的话引起了他的兴趣："您是说我推花盆那个梦？我看了点资料，大体了解了一下，但您能给我详细解释一下吗？"

李老微微有些惊讶："你说的不是这个？"

"我还有一个噩梦，不过您能先把推花盆的事告诉我吗？"

李老略微迟疑："好吧，这样的事你迟早也要了解。早点告诉你也无妨。梦师可以改变他人的梦境，这不是一个秘密。然而必须要经过脑阵才能进行，只有脑阵形成的脑波流才能不引起伤害，悄然改变一个人的梦境，最终改变他的潜意识。如果没有脑阵，进入一个人的梦境，甚至改造一个人的梦境，这几乎是不可能的，但是有一些例外。如果两个人的脑波高度契合，他们偶然就能做同样的梦，甚至梦见彼此。而对一些高级梦师，能利用这一点来控制别人的梦境。"

这和胡志强所理解的并不完全相同："您是说任强并不需要脑阵，就让我做了梦？"

"是的，这是极少数梦师拥有的能力，我们称为裸梦。梦师通过自己的脑波影响他人，这是一种高超的技巧，同时也需要很多锻炼，一般人感觉不到自己的脑波存在，梦师能够感觉到脑波，但是无法自由操纵。只有极少的人，能够通过锻炼达到控制脑波的程度。"

胡志强被深深地吸引，这简直是一种超级能力："那么我能做到吗？"

李老微微一笑："你曾经见过厅堂里的那幅画。"

"是的。"

"你看见了那个人的眼珠在动。"

"对。"

"那是一个测试。能够感觉到画中人视线移动的人很少，最近二十年，在整个S市只有三个，包括你在内。"

"另两个是？"

"一个是我；另一个已经在脑阵里，是你的导师，王大镛。"

胡志强感到振奋，他的天赋在此刻得到肯定，他会拥有一种从来不曾

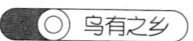

梦想过的超级能力。

李老却严肃地看着胡志强："但这是一种危险的能力，一个人的脑波控制力很有限，进入他人的潜意识，你会搞不清到底什么是他人的，什么是自己的。如果迷失的状态一直延续，就会成为病患，在医学界，通常把这样的病例归类到精神分裂里。你的脑波很强烈，也很有力，任强虽然做了一次，但是他也被吓坏了。你差一点把他也拽进去。同样，如果你对别人这么做，也很容易受到反向的影响。"

李老郑重其事地说："所以你要明白，梦师绝对不能滥用这种能力，害人害己。我已经警告了任强。"

胡志强感到心中一凛，慌忙说："我记住了。"

"你还有另一件事，是什么？"李老问。

"哦，"胡志强仿佛从睡梦中醒过，"我梦见任强对您进行攻击。"胡志强原原本本地把自己的梦描述给李老。

李老脸色严肃，沉默了半晌："有这种事？"

胡志强将要继承S市首席梦师的消息传遍各地，引来各种议论。一个新人，哪怕资质再高，短短的三个月就要继承首席梦师，用直升机来形容也不为过。

胡志强在进行最后的练习。他成功地抓住一条玻璃虫，在它彻底崩溃之前，把它塞到了另一条玻璃虫里边。被抓的玻璃虫在各种碰撞之下很快分崩离析，释放出无数的小黑点，和那些原有的黑点一道疯狂移动，四处碰撞。很快，玻璃虫显示出不适的症状，急剧扭动，眨眼间，消失得干干净净。

这会是一个诡异的梦，毫无逻辑，也缺乏征兆，却足够狂野。当那个人醒过来，他将对此感到纳闷，同时回味无穷。这是一个毕加索式的梦

境，希望那个年轻艺术家能够就此开窍。

玻璃虫森林逐渐变得稀疏，黎明已经到来，人们在逐渐脱离梦境。

"胡志强，做得不错！"有人找到他。

"老师，我做得还很不够。"胡志强谦虚地回答。

被胡志强称为老师的人是王大镛，在现实世界中，他曾经是胡志强的老师。在仅有的几次脑阵实习中，胡志强居然从脑阵中识别出王大镛的大脑，并成功地建立了点对点联系。这连李老都没有料想到。从来没有人能和进入脑阵中的人物单独交流，脑阵是一个整体，这个观念居然在短短的三个月中被胡志强打破。这让胡志强感到安心，那些奉献自己、构造脑阵的人们仍旧活得自由自在，没什么比这样的事实更让胡志强感到这是一项具备充分道德感的事业。这也让李老安心，这充分证明了胡志强驾驭脑阵的能力，首席梦师对于胡志强来说，不算高不可攀。

"据说你要成为首席梦师，就在今天？"

"是的。今后向老师请教更为方便。"

"从你第一次来，到今天不过九十三天，你是最快获得这个重要位置的人。"

"多谢老师夸奖。"

"但是我也有些疑惑，为什么李寻欢要做出这样仓促的决定。你的能力很强大，但也有很大的缺陷。"

"老师请指教。"

"你缺乏经验，经验对于梦师来说是最宝贵的财富。我不是想阻止你得到首席梦师的位置，只是给你提一点忠告。务必牢记，对于梦师，最重要的能力不是创造力，而是区分梦境和现实。"

"我会记住这点。"

白色迷雾从眼前退去。胡志强醒过来，梦中和老师的对话犹在耳边。

梦境，现实，对一个梦师来说，这两样东西也许真的已经融为一体，无法区分，也没有区分的必要。但是老师既然这么说，自然有道理。

胡志强从床上翻身起来，看着对面的脑阵，三十四个杰出的头脑就在那里，沉默着，在不知不觉中推动整个S市的人们向既定的方向前行。有朝一日我的头脑也会摆放在那里吗？胡志强想。忽然之间，他感觉有些不对劲，他发现有一个罐子是空的。他揉了揉眼睛。没错，这是一个空罐子，而且那个位置上原来并没有罐子。

胡志强怀着狐疑的心情走过去，罐子上标注着每一个头脑曾经属于的名字。空罐子上也有同样的标签。

李寻欢。

这是李老的名字。

"看到了？"他听到冷冷的问句。惊吓之下，胡志强扭头望去，任强就在门口，脸上带着讥讽的微笑。

"你怎么在这里？"

"我怎么在这里？"听到这句问话任强不由激动起来，"我怎么不能在这里？我在这里八年，这就是我家。"

胡志强看见了任强手中的东西，他不由倒吸一口凉气，那是一把枪。毫无疑问，任强并不是来道贺的。

胡志强冷静下来，望着任强，等待他说出自己的来由。

任强大踏步地跨上前，冰冷乌黑的枪口顶住了胡志强的脑门："动手吧。"

"动什么手？"

"没看见吗？"任强向着屋角抬了抬下巴。

那是一张手术床，床上躺着一个人，正是李老。

胡志强不由地紧张起来："你要干什么？"

"胡医生，我知道你的医术高明，对于开颅这样的小手术，自然是手到擒来。李老就拜托你了。"任强突然之间变得分外客气，这样的变化差点让胡志强吐出来。不过他终于明白了任强的目的，他要把李老的脑子安插进脑阵。

"李老从来没有说他要进脑阵，就算有，那也要再过几年。"

胡志强感到脑门上受到重重的挤压，任强的语气变得异常凶狠："你不做手术，我可以找人来做，但是你的脑子就会变成一摊脑浆。明白了？"

在枪口的威胁下，胡志强的眼神变得空洞，进行手术似乎是唯一的选择。他木然地看了任强一眼："我没做过这种手术。"

"没关系，我相信你的医术。"任强不怀好意地笑着。

"我一个人没法进行手术。"

任强似乎触动了什么开关，一面墙向后退去，呈现出一个宽敞的空间，李老的手术床自动移动到中央。琳琅满目的手术设备排列在手术台前，两条自动手臂上下翻动，很快把李老的身体全面控制起来。这一切胡志强再熟悉不过，这是安伦公司的自动手术室，借助这个仪器，不需要任何护士的帮助，一个医生就能完成全部作业。甚至可以说，并不需要医生具有多少手术经验，只要他能够适时下达指令，机器就能明白该做什么。

任强肯定明白这些，所以才毫不犹豫地要求胡志强完成手术。胡志强似乎陷入极大的痛苦中，他的脸部扭曲，说不上是什么表情。任强用枪再次顶了顶他。

"你难道想用枪顶着我上手术台？"

任强后退一步，挥挥手："去吧，别耍花招。李老的性命在你手上呢。"

胡志强艰难地跨出两步，扭头看着任强和他手中的枪。

"快去吧。你是个聪明人。"任强对着胡志强露出微笑，还一通儿挤眉弄眼。

胡志强尽管十万个不情愿，但还是一步步地走向手术台。他启动程序，拿起手术刀。任强露出一个冷笑——这个胆小鬼果然选择了屈服。

一旦投入到手术中，胡志强就成了专业人士，聚精会神，全然不理会任强就在不到两米的位置上，拿着枪，随时可能一枪打爆自己的头。

手术很顺利，一个大脑被小心翼翼地放在托盘上，装进了罐子里。

任强俯身看着手术台上的李老："李老，我已经把您挪进了脑阵，这是您的夙愿，我帮您了结了。"他的语气毕恭毕敬，仿佛李老仍旧活着，正在手术台上沉睡。

任强突然暴怒，把手术台上的李老狠狠地摔在地上。

胡志强惊呆了，眼前的景象和他梦中所见的一模一样。

任强在李老的尸体上狠狠地踢着，边踢边骂："谁让你放弃我，谁让你放弃我！我才是最好的梦师。"突然间，他呜呜大哭起来，抱住李老的尸体，"李老，我做了八年的梦师，一直给您老鞍前马后，没有功劳也有苦劳，我的能力大家有目共睹，谁都知道我才是您老的继承人。您不该放弃我，不该啊！"突然他又哈哈大笑起来，"李老，我一直是很尊敬您的，但是您被这个该死的奸贼杀死了，我会帮您讨回公道。"

任强站起身，眼睛里杀气腾腾，盯着胡志强，"是你杀了李老，你要给他偿命。"

眼前站着一个疯子，胡志强清楚地明白这点。他没有慌乱，也没有反抗，只是冷冷地看着任强，眼神中带着一丝怜悯。

任强嘴角抽搐，举起枪，正对着胡志强的脑门，狠狠地扣动了扳机。

脑浆迸射出来，胡志强直直地倒下去。

任强仿佛用尽了全身最后一点力气，颓然坐倒。

"232号特别危险，你们只能隔着单向玻璃窗看看情况。病人行为激

烈，别被吓着。"护士交代了一下，转身走了，顺手带上了门。

隔着玻璃窗，232号正趴在地上，用舌头在地上舔来舔去。突然他跳起来，向着一边扑去，使劲地用头碰撞墙壁。墙壁是泡沫特制，然而232号非常用力，警铃响了起来，两个护警很快冲进去，把他抓住，强行摁倒在床上，注射了镇静剂。

"唉……"李老发出一声叹息。

"我没有逼他。当天的事如果按照他的计划发展，他也是这个样子。"胡志强似乎有些内疚，听起来又仿佛在给自己辩解。

"我明白。"李老看着静静地躺在床上的任强，他头发蓬乱，形容憔悴，完全是一个疯子。李老再次发出一声叹息，"有人以为梦师风光无限，其实很多梦师最后都进了精神病院。任强太可惜了。"

李老没有明说，胡志强很明白：一个梦师，最重要的能力是区分现实和梦境，大多数梦师都认为自己能够做到，其实他们远远不能达到这样的境界。驱动梦乡的梦师，最有可能被梦乡所吞没。任强是一个非常优秀的梦师，而他始终没有明白这一点，才让自己有机可乘。

在枪口离开胡志强脑门的一瞬间，他冒了极大的风险，让任强进入了幻觉。任强但凡有那么一丝清醒，此刻在精神病院里躺着的，可能就是胡志强。

但这是不可能出现的情形。如果任强有这样的悟性，他早就成了首席梦师。他做过各种各样的梦，却从来没有做过这样一个梦，哪怕李老把这样的画挂在了入口处。

月光、高山、虬枝，风动枝摇。万籁俱寂、月色如水，天地间仿佛只剩下一个身影，他翩然起舞，手中剑光如织。

首席梦师是这样的人——人在尘世间，心在缥缈的乌有之乡，超脱凡俗，灵台空明，在万籁俱寂中起舞。

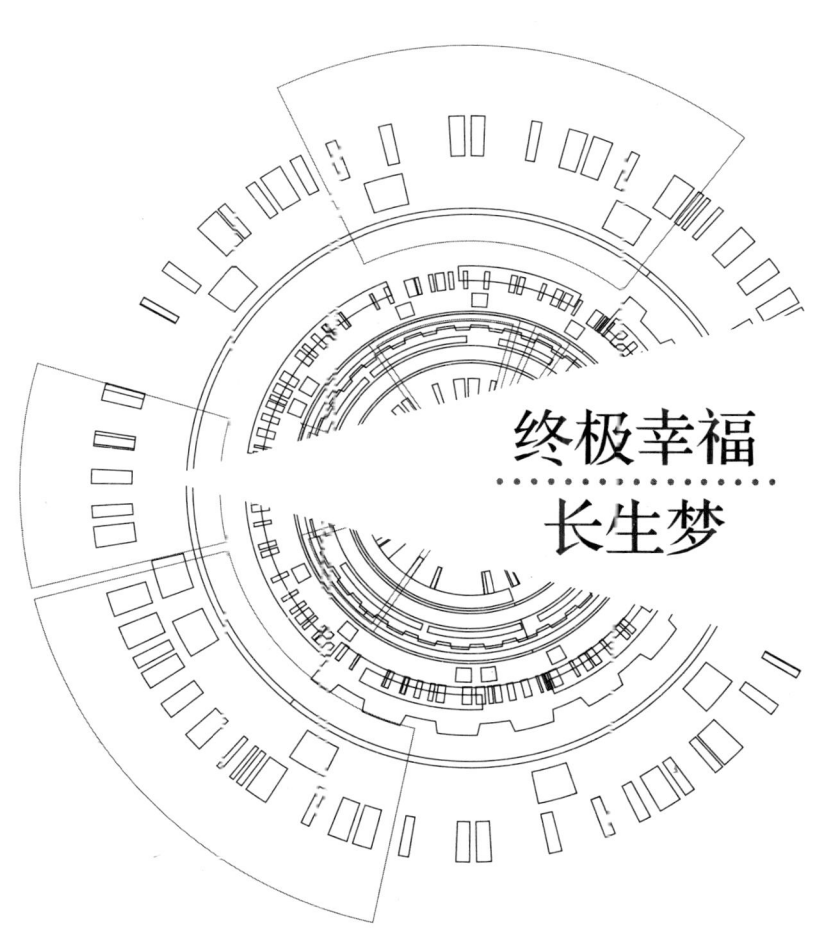

终极幸福
长生梦

　　"咔嚓"，清脆的玻璃碎裂声。这是这个晚上的第三次。从高空自由降落的酒瓶总是恰到好处地落到102寝室窗前，让迷迷糊糊的六个人猛然一惊，再也无法入眠。他们等待着第四次，第四个瓶子却迟迟未来。

　　突然间，窗外响起喇叭声，起初是零星的一两声，很快响成了一片。整个二十六号楼都在沸腾，不仅如此，似乎整个校园都沦陷在这样的歇斯底里中。

　　"好了，一定是巴西赢了。"老大从床上坐起来，"今晚不用睡了。"

　　话音刚落，窗外响起了等待已久的第四声，然后噼里啪啦响成一片。

　　"难道巴西输了会是一片清静？"张大力坐起来，"早说了，不用睡了，今天晚上注定要通宵。"

　　"没事，继续睡。"胖子翻个身，"不就是噪声嘛，我家就在飞机航道下边，早就习惯了。"

　　"我们那儿没飞机。"老大没好气地说，"好吧，今天自由活动，不用遵守寝规。"

　　"还是老大好！"张大力飞快地起身，顺着床杠哧溜下到地上。

　　小六正好打开台灯，摸索出一本书翻开。老五一把抓过来："我看看你读的什么。"

"我是一个任性的孩子，顾城。"老五大声地读了出来。

小六一把抢回去。

"看看，任性的孩子！读一读也是给大家增加文化修养嘛。"老五依旧笑嘻嘻。

"去你的！"小六显然有些气愤。

"行了，这是诗，你不董的。"张大力出来打圆场，他拍了拍老五，"你就一边凉快去。"这种场合，也只有他出来圆场，"还有谁要去？赶紧。"

"我跟你一块去。"老二已经从上铺翻身到了床下，准确地穿上了老五的凉拖。

"你穿我的鞋子干什么？"老五轻轻地推了他一把。

老二不动声色，默默地换上了张大力的鞋子。张大力没有吱声，他的四五双凉拖鞋丢在老二和老五的床下边，早就搞不清到底还是不是他的。

"明天还有模拟电路考试。"胖子从床上探出头。

"死胖子，你睡觉去吧。"张大力丢下一句，然后和老二、老五两个人快步推门而去。

楼道里有很多人，人们都从寝室里走出来，热烈地交谈着，狂热的气氛荡漾在空气中，人人都希望发生点什么。

"走，我请客。"张大力大手一挥，"我们去北门。"他们推出自行车，从狂欢的校园里穿行而过。经过北门，咣当咣当几声，直穿而过，北门的警卫早已经习惯了，只是沉默地看着他们出去。

北门外的摊贩对世界杯决赛这样的大商机有着敏锐的嗅觉，十多个摊位依次排开，炭火炽热，香味袅袅，马路上的年轻人或站或坐，把整个街

面挤得熙熙攘攘，仿佛热闹的集市。往常子夜时分，这里除了昏暗的路灯和路灯下孤单单的一个烧烤摊，鬼影子也难得有一个。今天显然是一个非同寻常的日子。

张大力和老二、老五从人缝中钻到了一个摊位前。

路边堆放了许多啤酒箱子。实在没有地方可坐，几个人就坐在了箱子上。

几杯酒下肚，大家的话也越发多起来。从世界杯开始，聊到"神舟十八号"上天，感慨中国人做航天行，怎么足球就是不行；然后话题转到了美女上，BBS的鹊桥版上敢于发照片的几大美女被翻来覆去讨论，而老二的三个亲历故事，更是不可避免地成了焦点；话题再次转移到世界杯，莫迪利奥的超级世界波，厄齐尔的传奇人生。

提到厄齐尔，张大力两眼放光，他从小学三年级开始就仰慕这位德国球星，经历三届世界杯，虽然没有一个冠军，却是他心目中的无冕之王。他从这位球星在土耳其的出生开始摆龙门阵，如数家珍。

觥筹交错，酒瓶和肉串齐飞，很快，三个人都变得醉醺醺，口齿有些不清，说出来的话都仿佛飘在天上。

喧嚣的夜市逐渐沉寂下去。人群慢慢散了，没剩下几个人。

各种各样的话题都聊得七七八八，三个人短暂地沉默下来。

张大力意犹未尽，喝下一大口啤酒，大着舌头："你们说，咱们这种机会还多吗？"

"怎么不多。想要喝酒叫上我，我陪你喝就是了。"

"人生能得几回醉，但把金樽空对月。"老五文绉绉地冒出一句。

张大力哈哈大笑："你那也叫诗，瞎编的吧，你！"

128

"就是，人家小六那才叫文学青年，你就算了。"老二拍了拍他的肩膀，很是热心。

"哈哈，回去我一定要把小六看的那些诗都背下来，随时可以掉一掉书袋。小六这样的文学青年才受女生欢迎，哪像你，谈了三个，一个都没有把住。"

他们大声地笑，大口地喝酒，肆无忌惮，毫无倦意。

摊主终于熬不住，开始赶人。张大力他们在相互的嘲讽和调笑中歪歪扭扭地往回走，灯光斑驳的主干道上，三个烂醉的身影。突然间，张大力脚下一个趔趄，摔倒在地。他索性叉开四肢，仰面朝天，惬意地躺在地上。这个举动引来老五和老二的狂笑。张大力抬起胳膊，拽住老五的腿。老五身子一坠，坐倒在张大力身边，索性也躺了下来。老二见状，在两个兄弟身边躺下。

三个人躺在深夜的马路上。没有人说话，四周很静。路灯恰到好处地爆掉，一片漆黑。

"哇噢。"张大力发出一声感叹，然后没有人再说话。星辰显露在他们眼前，颗颗璀璨，仿佛钻石。他们的注意力被吸引，只觉得有一种说不出的美。

过了半晌，老二开口："这是不是人生的幸福时刻？"

张大力心念一动，问："你们觉得什么才是幸福？"

"有很多钱，很大的房子，用不完的时间。"老五说得很实在。

"和你最爱的人一起慢慢变老。"老二用了一句著名台词。

"你呢？"老五见张大力不说话，追问道。

"我？"张大力把双手背在脑袋后边，让自己躺得舒服些。他看着无

限远的星辰，有一种模模糊糊的感觉，幸福是否就像星辰，永远是一种遥不可及的东西。他突然想起很久以前，他也曾经这样望着天上，想象着父母就在星星间向着他微笑。

"我不知道。不过，如果能天天和兄弟们一起看看世界杯，大口喝酒，大块吃肉，这就很不错。"他露出一个微笑，酒精让他的脑子有些发胀，然而他却感到异常清醒。说完这句话，他心情激动，眼睛竟然有些湿润，"我要找到一个办法，让大家都长生不死。"

"好，有志气。"老二伸出大拇指，"到时候，我一定要活到两百岁。"

"你这是造福全人类！"老五大笑着说，"野心不小。"

"这就是我的愿望。"张大力很认真。

三个人爬起身，相互搀扶着回寝室去。

张大力说了一夜梦话。他叫嚷着爸妈，也把室友的名字都喊了个遍。

救护车的警示灯狂闪，刺耳的警告不断鸣叫。

张大力飞快地钻进车里，只用了三十秒，就冲上了大街。他紧紧追着救护车。

医院的台阶上，他匆匆忙忙地掏出手机。

"老五，我是张大力。老二出事了，在富城医院……心脏出了毛病，我刚到，你快来……什么，你在外地？"

张大力收起手机，快步跑进医院。救护车先行到达，李丽随着救护车抵达，站在走廊里，哭得像一个泪人。张大力走过去，轻拍她的肩膀："不会有事的。这里有最好的大夫。"

李丽抬起头，点头道："嗯。真是麻烦你了，他让我给你打电话。"

"没什么，我们都几十年的交情了。"

张大力又拿出手机找人，虽然是深夜，他不管三七二十一，找了另一个医院的头，还有一个医学院的专家，他们都表示，这事只能依靠富城医院，并安慰张大力，富城医院的主任医师申开伦经验丰富，可以放心。

当他结束了所有的电话，他的手机上多了一个电话号码，他没有拨电话，因为有人站在他面前。

"是张大夫吗？"来人谄笑着，"我是申开伦，院长已经关照过，全力抢救。"他看了看正在一边哭泣的李丽，"你是病人家属吗？我需要你签字。"

一张告知书摆放在李丽面前，李丽哭着在上面签了字。

"申大夫，请你帮帮忙。"张大力说。

申大夫点头，仍旧面向李丽："你丈夫是急性心肌梗塞，我们会尽全力抢救。"说完他匆匆走进抢救室。

张大力扶着李丽在一旁坐下。

两个人在沉默中不安地等待。

急救室里人影晃动，门打开，申大夫走出来："抢救成功。病人需要静养休息，过三天看情况是否要进行修复手术。"

张大力跟着申大夫来到了办公室。申大夫把门关上："张大夫，您朋友的这个病，实话实说，治愈很难。很有可能因为再度梗塞导致心脏破裂。"

"我明白，麻烦你们尽力。"

"您的要求我们当然要尽全力支持。"申大夫抿了抿嘴唇："我有个不情之请，我们都知道您的779工程需要志愿者，我是否能做志愿者？我是

医生，对药品的效果会有更好的体认。"

张大力看着申大夫。他见过了太多这样求他的人，有的明求，有的暗抢，甚至有人堵在他家门口三天不走。张大力摇头道："我没有这个权力，你可以去报名参加，但是你没有老到那个程度，应该不会让你入选。"

申大夫不甘放弃这样一个机会："我现在就报名，等到七十岁我也甘心。"

张大力不想就这个话题继续下去："我朋友的事，还是要你多费心。"

"这个当然。"申大夫顿了顿，又赶紧说，"您可以自个儿出来做啊，您朋友的这个病，如果用了您的法子，根本不会有……"

张大力感到心里一沉。他知道申大夫的话是对的，他感到心情沉郁。

申大夫意识到自己失言，解释说："我只是随便说说，别往心里去。"张大力阴着脸，申大夫拿出病卡，"我们去病房看看，您朋友的情况还是很危险的。"

张大力在护士休息室度过了一个晚上。他整晚未眠，翻来覆去，只是想着老二憔悴的脸。快五十年的朋友，难道就这么没有了？他想着申大夫的话。是的，如果他能够把苦纳一号早点给老二，就不会这样。他有这样的计划，然而看起来，计划已经落后。要怎样才能改变现实？他迷迷糊糊地睡了过去。

第二天早上，他被人推醒。

"大力，快醒醒！"

睁开眼，眼前是老五的脸。

"你怎么来了？不是在西京吗？"

"我赶了最后一个航班。快点，老二不行了。"老五带着张大力向病房跑去，慌慌张张，碰到了许多医生和护士。

他们冲进病房。病房成了临时的急救室，一个年轻的医生正在紧张地做心脏起搏，两个护士在一旁协助。张大力扫了一眼，李丽不在。

张大力拉了拉老五的衣袖，悄悄退出病房。

"刚才怎么回事？"张大力问。

"我凌晨到了机场就往这边赶，进了医院就到老二这儿，我也就进去一看，什么都没说。他刚才还好好的，突然脸色涨红，就不行了。"老五说，"护士告诉我你在休息室，我就把你找过来了。"

"昨晚抢救了一个多小时。"张大力皱着眉头，"大夫说要观察三天。"

"我预感不妙，赶紧赶回来。他上回也犯过这病，差点就死过去。这一次，恐怕凶多吉少。"老五压低声音。

"他犯过心脏病？"张大力疑惑地看着老五，"我怎么不知道？"

"他说他自个儿治病，不能让你为难。他知道无数的人排队等着进你的研究课题，每个人的帽子都大得无法无天。有所托，无所求，才是朋友。"

张大力不知道该说什么。稍停一会儿，问："李丽呢？"

"我刚到这儿，没看见。"

两个人走到一边坐下。

手术室的门打开。医生走出来："谁是家属？"

张大力和老五同时起身，他们互望了一眼，最后张大力说："家属不在，我们是他朋友。"

"这一定要家属签字。"

"到底怎么了？"

"心脏破裂，左心室梗死。赶紧通知家属，我们要签发死亡通知单。"

张大力和老五走进了病房。两个护士正在撤除抢救仪器。

张大力看着老同学的脸，这张脸上总是表情夸张，从青年的学生时代到现在，从未改变，此刻脸上只有安详平静。

老五哽咽着，抹了一把眼泪。事情突然，居然没有一句告别的话留下。

护士退了出去。

张大力拍了拍老五："我们来准备后事吧。老二公司摊子虽然大，都是职业经理人，算不上朋友。李丽年纪太小，也没有正式结婚。"

老五点了点头。

两个人在寒风中站立。追悼会已经开完，很隆重。人群走散，剩下的还是两个老家伙。

"老五，走吧。"张大力说，"嫂子和小勇在那边等你。"老五的老婆比张大力年纪大，打第一次见面就叫嫂子，一直没有改口。

老五默默地转身，向着一旁的老婆孩子走过去。

张大力最后给老二鞠了一躬，跟着老五走出去。

在车上，一直沉默。最后老五开口："老二的遗嘱，除了两百万和房子给李丽，其他资产都留给你，三十二个亿。我做监视人。"

"我要钱做什么？"张大力摇摇头，微微有些红肿的眼睛再次湿润。

"开公司，卖你的发明。他说过，这一辈子除了钱，还有我们两个哥们儿，什么都没有挣到。他的公司左手转右手，干的是投机生意，是抢钱的买卖。他想做点像样的事。你的研究，能延长人的生命，是造福社会的好事。有了钱，没有后顾之忧，你能做到。"

张大力沉默着。老二已经死了，他没有要求张大力帮忙。人人都知道张大力的项目组已经掌握了长寿的诀窍，再进一步，长生不老也不是不可能。高官显贵、富商巨贾几乎踏破了张大力的门槛。为了保护他的安全，政府把他列为重点保护对象，至少有三个人二十四小时不间断地在周围保护，常人想接近他很难。老二经常和他见面，却从没有提过这事。

张大力看了看后视镜，一辆车子远远地跟着。一旦紧急情况出现，它会飞速冲上来，三四个超级保镖会上演全武行。

事情不是那么简单。

但是至少，他拥有三十二个亿，纯粹的金融资产，变现容易。老二是个商人，但他不是纯粹的商人，虽然活着的时候，没有捐出一个子儿，死了之后，却把所有的钱都捐了出来。

一个人只有想到明天就要死，才会明白最重要的是什么。然而如果活着一天，这些事就会被推迟。

是不是只有在死亡的那一刻，人生的真谛才会显现？

"你怎么想？我会建立一个银行账户，接受资产。然后我们怎么办？"

"我拨给你两千万，你可以去周游世界。"

"你想什么呢！我是监视人。老二的这个愿望我得替他实现了。"

张大力又陷入沉默。他们已经快七十岁了，虽然精神矍铄，但身体却在不断地老化。他和这个生命的第一规律斗争了将近五十年，小有所成。他相信终有一天他的发明可以惠及所有人。然而，他的朋友等不了那一天，恐怕他也等不到。

"张叔，如果您真的能让人长寿，那就赶紧开始吧，赵叔已经去了，

你们二老也拖不起。"小勇说。

张大力看了看老五。老五开着车，感受到张大力异样的目光，转头看了一眼。老五的一张老脸上满是皱纹，虽然根据他的建议使用了不少药物，但毕竟岁月留不住。

张大力又瞥了一眼后视镜，仿佛感到无数阴森的目光正盯着自己。做一件事总是不像想象的那么简单，但他下定了决心。

"好，我们就做这个。"

"苦纳十四号专门针对癌症生产定制。"

"癌细胞是发生了异化的身体细胞，它的基因失去了让细胞恢复到原始状态的调控机能。从根本上说，癌细胞是一种异生物，只不过这种异生物源自身体，因此人体的免疫系统很难发觉并在早期消灭它们。但是它们仍旧有迹可循，只是我们身体的免疫系统无法识别而已。"

"苦纳十四号就是区分癌细胞的纳米机器。原理很简单，任何癌症，只要已经诊断属于什么类型，就可以把调制好的苦纳十四号注入，苦纳十四号会寻找癌细胞特征。只要一百毫升，癌细胞就可以被彻底地杀灭。"

"为了弥补癌细胞对身体造成的损伤，苦纳六号可以用作身体机能的调理。苦纳六号可以针对性地对胃、肝、肾等内脏器官进行调理。这比传统的中医药调理更具有针对性，让身体尽快恢复到最佳状态。请看大屏幕……"

众人的目光随着发言人的引导投向大屏幕。

张大力的手机震动起来。他掏出手机，快速躬身从前排走出去。别人的电话可以不接，这一个却一定得接。是老五的电话。

"大力，出事了。有人在公司总部闹事，警察已经到了，你赶紧来。"

"我这边还在宣讲呢！"

"让小勇在那儿，这点小场子他镇得住。你快来，我回头告诉他。"

张大力很快到了楼顶。直升机快速启动。

从直升机上往下看，城市呈现一种不同的风貌，很像一个巨大的玩具，而其中最显著的特点，是马路上无休无止、几乎静止不动的车流。

"别把你的生命浪费在车上！"这是直升机制造商的广告语。

张大力闭目养神。

闹事！最近一段时间，公司总部和闹事两个字结下了不解之缘。三天两头有闹事的，以至于警察专门在总部开了一个派出所。然而事情却越来越多，规模也越来越大。有的时候他实在想不通，为什么乾平生命科技这样半公益性质的企业，也会受到五花八门的杯葛。一心公益，给全社会全人类造福，却总有人要求让公司关门。

想不通也得想，这就是现实。

直升机很快抵达目的地。张大力匆匆忙忙地进入总裁办公室。一份简要的报告从屏幕上弹出来。

一共是十二个人，他们在门前静坐示威。拉出了巨大的横幅，上面写着：尊重生命，尊重人生。

要命的不是人数，也不是横幅，而是这些人的身份。这些人当中有两个市长，三个著名演艺界人士，还有四个著名记者，剩下的三个人，一个是云顶寺的空空禅师，还有两个外国人，身份不明。

老五走进来："大力，这些人已经坐了半个小时。他们可是有来头的

人物。"

"那两个老外是谁？"

"据说是好莱坞著名影星。警察局已经设立了警戒线，把人群隔离开。"

"他们要求什么呢？"

"要求我们关门。"

"又是这一套。"张大力愤愤不平。在老五面前，他永远保持二十三岁。

"大力。"老五有些吞吞吐吐的样子。

"怎么了？"

"我想是不是我们真的有些地方搞错了。"

张大力低头："连你也这么想？"他感到一阵焦躁，公司运作了三十多年，头十年，他获得巨大的赞誉，被上百个城市邀请成为荣誉公民，他的努力获得巨大回报，乾平公司飞速扩张，成百上千种纳米机器被开发出来，上亿的人口得到照顾，心脏病的发病率几乎降低到零，而接种人的预期寿命是一百三十岁；再十年，广泛接种扩大到二十亿，然而人们开始质疑公司和政府的关系，尤其是美洲和欧洲，人们都在质疑乾平公司是不是在生产某种致命武器，可以精确地打击特定人种；到了最近十年，大量的质疑则转移到人的生存价值上，一个长命百岁的流浪汉冻死街头，这样的新闻经常登上各大门户网站的头条。

"我在想是不是我们有些一厢情愿。"老五说，"我们给太多的人免费接种，上回那个冻死的人，虽然只是个别，但是媒体反复地提。现在的问题是老人退休了没事干，只能去开发火星。"

开发火星。张大力知道这里边猫腻多，各国争相开发火星，仿佛那是一个度假胜地，连毛里求斯都租借了火星飞船。事实是被送到火星去的大多数是老人。人口太多，没有工作，没有钱，不想被饿死，也不敢抢劫的人被送走，这是最简单的解决之道。至于到了火星是死是活，那不是他们所关心的事。

他们试图做一件巨大的公益，却让社会失去了平衡。久远的将来，也许地球将是一个长寿而平和的乐园。但现在显然不是，情况甚至可能变得更为糟糕。

原来七十岁退休的人要干到一百二十岁才退休，因为他们不想被送去开发火星，而长期没有工作的年轻人是随时可能爆炸的火药桶。许多城市不堪骚乱，乾平公司则成了人们发泄怒气的最佳目标。

让人活得长也是有罪过的。

"你说我们该怎么办？我们已经停止长寿苦纳免费接种，只针对恶性疾病进行开发，但情况还是这样。你觉得该怎么办？"

老五两手一摊："我也不知道。先想办法打发了眼前的这些人再说。"

张大力拿起电话，突然又停下："这些人没进行过长寿接种吗？"

老五很快接上话："我查了，都接过。"

"和尚也接过？"

"是的。他年轻的时候，父母给他种的。"

"把我们的协议书拿下去，如果他们认为乾平公司的产品不合适，我们可以把他们身体内的苦纳体都消除掉。"

"他们都不是免费接种。"

"赔钱给他们！"张大力毫不犹豫。

老五走出屋子。张大力感到一阵烦躁，办公桌上放着镜子，他看见自己的脸。镜子里的人看起来并不老，四十岁左右，比三十年前的模样还要年轻。

他攻克了老化的难题，让肌体保持青春活力。这是一件造福人类的事，不该受到如此的对待。

然而不仅窗外有无穷无尽的抗议，他也收到了来自高层的警告。所有的高层都不希望看到骚乱。高官们一边希望他能让他们真正地长生不老，一边委婉地告诉他，让该死的都去死。

他感到困惑，当初的那一点点理想，怎么会变得面目全非。

他站起身，走到窗前。

从两百米的高度望下去，地面上的人仿佛是蚂蚁。

鱼死网破的策略并没有完全奏效。广场上仍旧坐着一个人，人群并没有散开，仍旧在围观。

坐着的人一身红色袈裟，是空空禅师。

张大力心念一动，空空禅师在富城赫赫有名，被他开光的物件都能卖出天价。但是据说他已经十年没有再接受邀请开光。一个世外高人，却在大庭广众下坐着，头顶上，鲜红的条幅飞扬。他在等着我去见面。张大力油然而生这样的念头。

张大力在空空禅师面前坐下，脸对脸，大眼瞪小眼。人群骚动起来。

"有得必有失。"空空禅师说。

"什么是得，什么又是失？"

"得长命百岁，失万般欲念。"

"恳请大师明示。"

"倘若长命，便须无欲。多欲而长命，乱世之像。贪嗔痴未除，多寿无益，徒增烦恼。"

"有什么法子补救？"

"自往心中求。"

空空禅师闭上眼睛。两名乾平的工作人员走过来，奉命要对空空禅师注射消除他身体中苦纳体的药物，他们看见总裁和禅师相对而坐，不知该如何是好。

空空禅师并没有睁开眼睛："你们的东西我不要，尽管拿回去好了。"

两个人看着张大力。张大力点点头。

两人走上去，给禅师注射。针头扎下去，一管浅浅的褐色溶液缓慢推入体内。

"阿弥陀佛。"空空禅师说，"一身臭皮囊，舍去存空明。"

他端坐着，动也不动。

"禅师圆寂了。"有人说。大家纷纷向前挤，警察慌忙维持秩序。

张大力起身，向着空空禅师深鞠一躬，走回了楼里。苦纳体消除剂只是消除苦纳体，并不会杀死人。一个人的身体没有了这些纳米机器的保护，会急剧衰老，却并不会马上死，只会在几个月，或者几个星期的时间里衰竭。空空禅师圆寂，只是因为他想如此。

张大力梦游般地走回了办公室。

"大力，你没事吧。"老五走进来。

张大力没有回答。

"大力……"老五有些迟疑，张大力怔怔地看着他，眼神不对。

"老五，我想老二了。"张大力说，"如果他在，会给我们什么建议呢？"老五不知道该说什么。

"我只能给你法律上的建议。事情到了这个地步，只有你自己拿主意了。"老五感到很遗憾。三十多年来，他们一直患难与共，他不想逃避，也不会逃避，但是此时此刻，需要的是决断，他从来不认为自己在这点上有天赋。

"这么多年，我被很多人威胁，他们要求我把苦纳体作为特殊商品，不能提供给太多的人。这些人都是自私鬼，我顶得住。这是老二的愿望啊。但是，我越来越怀疑，是不是大家真的需要这个东西？"

"我们当然需要它。如果没有你的发明，我们早就是棺材里的鬼了。"

"你需要，小勇呢？三十多年，他也快六十了，他做梦都想着接你的班呢。"

老五保持沉默。小勇已经和他抱怨过很多次。

两个老朋友相对无言。最后张大力打破沉默："老五，很久以前你说要有钱才能幸福，后来你说要和嫂子一起慢慢变老，现在你有钱了，也永远不会老了，你觉得幸福吗？"

老五瞪着张大力："你是开玩笑吗？"

张大力摇头："我说真的。"

老五仔细地想了想："不。"他简单地回答，"你呢？"

"我不知道，我只觉得很累，不是身体累，是心累。到达了目的地，却发现来错了地方，是不是这样？"

老五缄口不语，半晌之后，说："也许人生就是这样。"

张大力站起身："我们关闭乾平公司。"他看上去显得很无力。

太阳照在了床头，张大力张开惺忪的眼睛。又是阳光灿烂的一天。

有太阳的日子真好。

他走出房门，不远处是浅浅的沙滩，细细的沙在阳光下闪着银光。海面一片碧蓝，仿佛翡翠般晶莹。

张大力舒展身体，面向大海。

突然间，他发现不远处停着一架水上飞机。不速之客！张大力四下张望。

"张叔，早！"一个声音传来。

张大力循声望去，小勇就在屋檐下站着，微笑地看着他。

"小勇，来也不打声招呼。"

"打招呼就来不了了。您老隐居了十年，除了我爸妈，从来没有见过外人。"

张大力有些隐隐不快。虽然小勇是老五的儿子，他看着长大的，但是这孩子强势，总喜欢咄咄逼人，高人一筹。虽然自己当了家，还是改不了。

"来，坐吧。"

张大力招呼他："怎么想起来看我这把老骨头。"

小勇坐下："我得带个消息给您老——我爸妈离了。"

张大力心中一凛，怀疑自己听错了："你说什么？"

"他们离婚了。"

"什么时候？"

"一个月前。"

张大力沉默下来。老五居然也有离婚的一天，而他居然不知道。

"我还想着参加他们结婚一百周年庆典呢！"张大力叹口气，"他们还好吧？"

"我妈今年环球旅游，年末去月球嫦娥宫做疗养。张叔你想去嫦娥宫吗？这个娱乐城可不得了，低重力状态下有很多好玩的东西。"

张大力淡淡一笑："没那个兴致。小勇你今天来，不是为了给我推销嫦娥宫吧？"

"张叔，是这样的，我想请您老出山，做我们公司的名誉董事。您先别推辞，我把话说完。我们有个大项目，需要大资金。平谷信托有意向给我们注资六千个亿，但是指定要您老出面。张叔，您老能不能帮我这个忙？"

"小勇，你知道我早已经不问世事。"

"是的。所以只是名誉董事。您要做的就是出山一次，露一次面。我爸也会去，来请您老也是他的主意。"

"你爸？"

"是啊，我的公司，怎么会少得了他做主，如果他不告诉我，我怎么能找到这里。你们是老朋友，也该见见面。这几年外边的世界变化很大，您也该出去看看。"

张大力沉默一会儿，看着小勇。这个世界上，没有几个人还值得他牵挂。他最后下了决心："好，我走一趟。不过，下不为例。"

小勇笑逐颜开："当然，要不是事情重大，我怎么敢随便惊动您老呢。我保证下不为例。"

海岛在视野中飞快地缩小。飞机在茫茫大海上飞翔。大海辽阔无边，天空云淡风轻。天地极大，而人却极小。

144

"人力有穷尽，天地无极限。"张大力对小勇说，又好像在自言自语。

"张叔，从月球眺望地球才叫无极限，您老找个时间上去看看。说个时间，我来安排。"

张大力摇摇头，不再言语。

飞机在一个私人机场着陆，有人列队欢迎。张大力走下舷梯，落脚在红地毯上，响亮的声音仿佛刹那间点亮，"欢迎张大力院士光临！"

院士！一刹那间，张大力恍然有种不真实感，他已经快三十年没有听到过别人这么称呼。无论私下还是公开，人们都叫张总。他微微迟疑，最后迈开步子，向前走去。

这里戒备森严，看得出来许多人都带着枪。张大力看在眼里，并不声张。他见过了许多大风大浪，这算不得什么。

走进大门，宽敞的大厅气势非凡。张大力回头找小勇，发现他退到门边，小心恭谨地站着。张大力心底暗暗叹气。

"张院士，三年不见，越发年轻了。"主人终于登场，全身包裹在黑布中，只露出两只眼睛。这双眼睛看上去让人生畏，布满血丝，成了火红的颜色。

张大力明白站在眼前的是谁，并不慌乱："我朋友呢？"

"他是我的座上宾。"

"让我看看他。"

黑衣人做出请的姿势，张大力跟着他走了过去。

他们进到一个幽静的房间，老五并不在。张大力看着黑衣人，黑衣人揭开头部的遮掩。他的脸完全变形，几个暗色的瘤几乎遮掉了一半脸，血管在皮肤表面纵横，清晰可见。张大力暗暗吃惊。

"你说我该怎么办？"黑衣人问。

"多久了？"

"你躲藏了多久，我这病就有多久。再找不到你，我就该去见阎王了。"

"马主席，我这些年闭门不出，思来想去，觉得生老病死，还是让它自然一些比较好。这是个潘多拉魔盒，打开了收不住。"

"别说没用的，我只要你治好我的病。"

"小勇接手了所有的团队，另起炉灶，他完全可以帮你。"

"他可以帮就不用费力请你出山了。你公司的人，完全不知道我身体里的是什么类型的苦纳体。你是不是留了一手，对我也留了一手。张院士，我得坦然承认，我的命就在你手里了。但是我也要提醒你，虽然我早已经不是主席，但我一定还是这个星球上最有权势的人，联合国那些人，都是我的孙子辈，他们未必敬重我，但是他们都怕我。"

"你用一个小指就可以把我捏死。我明白，这话你四十年前就说过。"

"我的承诺我做到了，你的承诺却没兑现。我现在成了这个模样，你说怎么办？"

张大力抿了抿嘴唇："我的朋友呢？"

"他自在得很，这事跟他没关系，和我俩有关。但是如果我的病再发展下去，我很难保证心智不被蒙蔽。"

"这么说，是小勇自己去找我？"

"是我的主张。"

张大力仔细看了看眼前的病人："这像是癌症，可能是某些苦纳体出了问题。我可能需要重新建立一个团队。"

"人随便你挑，但是我的时间不多，你的时间也不多。"

张大力仿佛回到了七十年前，带领自己的队伍在实验室里夜以继日地工作。三个星期后，他得出了结论，这是一种癌症，是苦纳体癌症。这些纳米机器因为某种原因失控，疯狂地复制自己，在全身疯狂生长。

他找来小勇，有些原因他必须了解。

小勇显然心怀愧疚，不敢正视他。

"小勇，这件事和你无关，是我的事，但我要向你了解情况。"

小勇使劲点头。

"你们给马小元提供了什么？"

小勇踌躇了半天，最后说："他想每天寻欢作乐，说你原来给他的东西不够强劲，我们调整了一些苦纳配方给他注射了。"

又是女人。这是一件看起来很荒谬的事，如果马小元需要快感，一种配方就可以让他整天沉浸在幸福的抽搐中，而且对身体无害。但他偏偏喜欢从女人身上得到快感。同样，看着别人在他的权势下屈服也让他感到分外满足。

"你们给了他什么配方？"

"苦纳三七五。"

"这是新配方？"

"类那曲酮体15%，苦纳一号40%，修复体23%，苦纳合剂10%，其他的微量元素成分，一些维生素，还有自由基消除。三百毫升，分三次注射。"

这个配方并不离谱，它可以极大地增强人体免疫力，修复老化细胞，然后，作为特殊作用，打开头脑中内啡肽的产生和接收通道，让人体产生

更多内啡肽，保持欣快状态。然而，这仅仅是对正常人而言。张大力让小勇把详细的配方转过来，然后挥手让他离开。他把自己关在屋子里，半个小时后，出了门。

马小元并不限制他的自由，只是派人监视他，和四十年前一样。

张大力走在街上，行人不多，车也不多，冷冷清清，和若干年前的情形完全不同。他走到曾经的公司总部门前，就是在这里，空空禅师在他面前圆寂。张大力在事发地反复走了几圈。

他又去老五的家，人不在。很久没有使用手机，也不知道该怎么找到老五。

事关重大，却连个商量的人都没有。

他在街上兜了一圈，回到实验室。有人正在等他，是小勇。实验室里只剩下他们两个人。

"张叔，有一个人想见您。"

"谁？"

"他是风行画廊的主持画师，叫钱均立，是大红人，马小元也是他的崇拜者。他说他刚从火星回来，了解很多火星的事，想和你谈谈。"

张大力一愣，他看过一篇叫《坠落火星》的文章，知道许多人被送到火星去死，也知道火星上正闹得底朝天，人们在荒漠中苦苦挣扎，还分作许多派系相互争斗。一个遥远而混乱的红色星球，这是他关于火星的全部印象。这并不是他造成的，但是他的长寿计划无疑对这样的局面有推波助澜的作用。

"找我干什么？"张大力问。

"他想请您去火星。"

火星？张大力从来没有想过他会和火星发生什么联系。

"我不去。"他一口回绝。

"我会告诉他。"小勇并不坚持，"还有一件事，"他压低声音，"张叔您可别怪我把您从岛上骗出来，我也是迫不得已。"

"这没你什么事。"张大力淡然。

"我要除掉马小元，您一定要帮我。"

张大力一惊。他知道这个世界并不像表面看上去那么和谐，许多人冠冕堂皇，灵魂丑陋。他厌恶这些人，但从来没有想过杀死任何一个人，哪怕是马小元。

"这怎么行！"

"张叔，这个马小元，他干的坏事比你能想到的还多。他的仇家很多，高官们虽然怕他，但如果有人能把他除掉，他们求之不得。"

"你怎么会牵扯到这里边去？"

"有人找我，希望借助给马小元提供补充剂的机会把他干掉。"

"你早就可以做到。"

"哪有那么容易，现在不仅仅我们一家做这个，还有两家竞争，我们给马小元注射的东西都要经过核准，经过人体试验，确认无误。而且马小元万一觉得不行，肯定会报复，会死很多无辜的人，我也逃不掉。只有两种办法，一是他当场死亡，和刺杀一样，只不过是用纳米药物刺杀，刺客肯定活不了；另一种办法，控制苦纳体，让它们在某个瞬间突然发作，致死。一定要致死，只要他有一点机会，我们就没有机会。这两种办法都只有您老能做到。"

张大力保持沉默，飞快地斟酌。在某种程度上，小勇是对的。然而，

他无法说服自己去杀人，哪怕是一个十恶不赦的人。

"你到底在和谁合作？"

"我无法告诉您。告诉您，只会增加您的风险。张叔，相信我，我在做一些对的事，我需要您帮忙。"

张大力沉默良久："小勇，我已经快一百一十岁，性命对我来说没有什么，但是我没法去杀人，我从来没有想过这种事。"

小勇有些着急："是的，您老从来没有动手杀过任何一个人，但是您发明的苦纳体，已经杀死无数人，这一个，只不过是要您亲手除掉。"

"苦纳体杀死了无数人？"

小勇略微犹豫："那些因为长寿被送到火星去的人，他们都凶多吉少。"

"你不是这个意思，到底怎么回事？"张大力严肃地问。

小勇把心一横，"您记得苦纳四十七号吗？专门用于增强智力，很畅销。"

张大力记得这个东西，它为科研机构调制，针对大脑，它可以让神经细胞变得更为敏感，突触增多，沟回增加，让人变得更聪明。

"是的，我记得。"

"有个连环凶杀案，前前后后杀了三十多人，凶手最后被抓获。他是苦纳四十七号的使用者，他的作案动机是觉得那些没有经过增强的人都很傻，像是白痴，他只是帮助这个世界消灭白痴。"

张大力默然。

"还有一件事。卡瓦达世界，这是个极端宗教组织，相信世界末日。他们大规模采购定制苦纳体，大幅度提高组织成员的智力、体力，甚至把他们的性格变得狂暴。他们发动了一场战争，毁掉了三个城市。真正的毁灭，不留任何活口。一个上千人的组织杀死了两百多万人，因为他们几乎像是超人，能使用各种武器，对各种情况了如指掌。两年前，联合国才宣布这个组织被彻底剿灭。"

张大力感到震惊，他在岛上隐居十年，居然发生了这么重大的事件。这样的流血有很多原因，然而肇事者却是他。如果他们只是普通人，事情会简单得多。他突然想起空空禅师的话，"乱世之像"，这混乱的程度，远远超过他的想象。

小勇舔了舔嘴唇："还有最后一件事我必须告诉您。因为卡瓦达世界的示范，很多地方都有类似的情况，严重程度不一。联合国已经宣布苦纳体管制。那些曾经接种过苦纳体的人，不管是免费的还是定制的，都需要经过甄别。如果甄别不通过，早先时候，他们被送往火星，现在，他们被执行安乐死。"

张大力感到胸口被重重一击，觉得根本不能相信。这样的行为骇人听闻，如果是某个极端组织的行动，还能让人理解，然而这是联合国行为，联合国在杀人。

"这怎么可能！"

"事实就是如此。马小元和他控制的高官们和那些极端组织一样，认为没有必要把世界维持在一个低智力、低效率的水准上。卡瓦达事件给他提供了机会，他把联合国变成超人俱乐部。"

张大力觉得自己再也站不起来，他揭开了生命的秘密，却把全人类推向深渊。新人类诞生，带着无尽的鲜血和痛苦。也许他太过心急实现理想，结果催生了恶魔。

"张叔，我们只有一个机会——消灭马小元，我背后的人有能力掌握联合国，虽然他也和马小元一样智力超群，但他是个好人。"

张大力看着小勇，当年的孩子已经是八十多岁的人，保养得很好，看上去仍旧很年轻，他的脸上带着倔强，他真正地投入到这项事业中，并感到自己正在拯救全人类。张大力有一丝欣慰，至少小勇并没有屈服在权势下。

"小勇，谢谢你告诉我这么多。让我想想，明天你再来。"

夜深人静，张大力一个人枯坐在实验室。

他听到了敲门声。

"请进。"张大力并不意外，虽然实验室受到严格的保护，还是有一些人想来就来。

来人推开门，却并没有说话。张大力感到奇怪，转身看去。来人身材修长，穿着艳丽的红色上衣，配着绿色的裤子，头发理成一束，扎起来，仿佛一个帽子顶在头上。奇怪的装束，奇怪的人。他盯着张大力，一动不动。

"你是谁？"张大力问，来人看上去有些眼熟。

"我从火星来。今天李小勇帮我传过话，你拒绝了。"

"我不想去火星，请让我安静一下，我有很多事需要想清楚。"

"你别无选择。"来客面无表情，语气生硬。

这样唐突的回答反而引起了张大力的兴趣："为什么？你怎么能进来？这个实验室是AAA级保密机构。"

来人向前走了几步，在张大力面前站定："你别无选择，因为我了解情况。去火星是最好的选择，也是唯一的选择。"

"告诉我理由。"

"我的身份是画家，你可曾听说过纯色画派，我是纯色画派的代表。

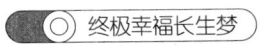

这次去火星，是体验生活，火星的确不一样。"

"尽快告诉我你的理由，我没有多少时间。"

"你得明确我的身份，才能了解为什么。这个星球已经被某些人统治，这些人，拜你所赐，都是超级人类。我也算是超级人类，只不过，我还是个画家。因为这个身份，我有很多机会接触到这些上流人士，其中包括马小元。马小元丕有一个习惯，他喜欢在我的画廊里找人密谈。"

"他这么信任你？"

"他并不相信我，只是藐视我。我在他眼里只是一个绘画工具而已。他的确喜欢我的画，甚至允许我去火星免费旅行激发灵感。但是我明白，他并不把我看作一个平等的交流对象，他看待我，就像看待一条宠物狗而已。"

"请继续。"

"马小元相信你能找到办法解决他的病，但是他没打算就此放过你。他要设法控制你，包括使用一些苦纳体来调整你的精神状态，让你能集中精力，全力研究最好的方案。眼下所有的方案，还需要不断的维持，他想你能找到一个最终的解决方案，让人永生不死，不需要外部帮助。"

"这不可能。"

"他认为有可能，但这并不是我来找你的真正原因，即便马小元强迫你研究永生问题，你还是可以做一条快乐的狗。但是他提到另一件事……"来人顿了顿，看着张大力，"一旦他康复，他就要在全球范围内发动一次清洗，把所有能够制造苦纳体的厂家都控制起来。地球上经历了几次战争，没有植入苦纳体的人类所剩无几，控制了苦纳体供应，就控制了所有人。最关键的一点，他知道有人反对他，因此战争不可避免，他已经在调动军队。"

张大力静静地听着，他深刻明白自己陷入一个旋涡里，而且就在旋涡中心。

"所以，你绝不能治好他。治好他，战争很快就会开始，谁也不知道这一次是不是核战争。达官贵人已经找好了退路，随时可以跑到月球。地球的末日就要来了。"

"所以，你认为我应该跑到火星去？"

"是的。我去过火星，那里很糟糕，但那里才是你该去的地方。如果你要追求全人类的幸福，那么只有火星才能给你舞台。只有在最前沿，科学家才能有最大的价值。"

全人类的幸福！听起来是多么遥远的东西，然而正正地击中了张大力。

"你究竟是谁？"

"我是谁并不重要，你一直做梦要让所有人都幸福，你还记得吗？"

"那只能是一个梦！我已经失败了。你是谁？"张大力仔细打量来人，"我应该认识你。"

"那就退而求其次，让尽量多的人幸福。至于我，"来客稍稍犹豫，"我是一个任性的孩子。"

这句诗唤醒了张大力的记忆："小六！"张大力霍然而立，"你是小六？"他站在来客面前，仔细地端详，寻找记忆中小六的模样。依稀间有几分像，然而日子久远，记忆模糊，他也不敢确定。

"你真的是小六？"

"没错，我就是钱律金。一般人们都叫我另一个名字：钱均立。"

"这真是……想不到居然还能见面。你怎么成了画家，还改了名？"

"说来话长，这并不重要。我来找你，是想告诉你千万不能治好马小元。如果实在没办法，就逃。地球藏不下，就去火星。"

"这很难逃过马小元。"

"你有很多钱，只要三个亿就能解决问题。"

"什么方案？"

"你可以大张旗鼓，预订一艘豪华飞船，准备前往月球和火星度假。火星正在大冲期，很多富豪选择这个时候去观光，你的举动也不会太引人注意。"

"钱不是问题，但马小元不会放我走。"

"他当然不会放你走。找一个你能够绝对信任的人，让他带你去我的画廊，那里被马小元当作自己的地盘，他不会戒备。我可以假扮成你回实验室，你留在画廊，半天之内，会有人帮你飞向火星。火星大冲期航班快要结束了，我们没有几天时间考虑，必须抓紧时间。"

"你代替我留下？"

"是的，只要半天而已。"

"这岂不是让你去送死。"

"不然会有更多的人死掉。相比一场全面战争，这个代价不算高。"

"如果我在这里把马小元除掉，所有的事都由我来背，就不会有人死。"

"你真的这么想？马小元死了，同样会有一群人要陪葬。每一条命都是无价的，但是有些人的生命对将来更有用。我真的希望你能去火星。"

小六看着张大力，"我回来的时候，一群人送我，他们的生命短促而痛苦，地球上的沙漠对他们也像是天堂。如果能回到地球，他们不惜一切代

价，但是他们不可能回来。既然你的苦纳体能够改造人体，想个办法，让它们帮助人适应火星。我接触这些所谓上流社会比你深刻，马小元死了，会有第二个，他们只会不择手段试图控制所有权力，你只能成为他们的工具。快逃吧，不能救所有人，至少能让火星变成希望之地。"

张大力细细品味小六的话。现实冰冷而残酷，地球大乱已至。去掉一个马小元，会有另一个，这里成了超人的战场。四十年前种下的种子，在此刻才显示最后的结果。从某种意义上，人类已经完了，悬而未决的问题是：剩下的会是谁？

门外突然传来匆匆的脚步声。门打开，老五冲了进来，看到还有人在场，不禁一愣。

"老五，"张大力招呼他，"这是……"

"我是张总的朋友，风行画廊的主持画师，钱均立，有空欢迎来画廊参观。"小六打断了张大力的话，他显然不愿意在老五面前显示老同学的身份。张大力一愣。

"张总，说好了去我那里坐坐，一言为定。我就先告辞了。"

房间里只有三个人。

桌上放着一排试管，一个小小的玻璃杯，浅浅的一碟棕色粉末，除此外别无他物。

张大力坐在桌前，盯着试管，闭口不言。老五和小勇站在一边，他们被张大力找来，说有紧急的情况要说，结果到了这里，只看见张大力对着一排试管发呆。

过了几分钟，张大力仍旧不言不语，老五开口："大力，你这是怎么了？"

张大力眨了眨眼，并没有回答老五，他转身向着小勇："你的事你老爸知道吗？"

小勇看了老五一眼："不知道。"

"也好，我原来也不知道，现在我们都知道了。"张大力转向老五，"小勇想让我谋杀马小元。"

老五仿佛触到了毒蛇一般猛然一惊："你说什么？这是真的？"他难以置信地看着自己的儿子。

"爸，这件事你就当不知道。"

"不知道，我怎么能不知道！你这是拿大家的命在冒险。"

"我们早已经脱离父子关系了。"

"你……"老五被噎得说不出话。

"好了，这个问题不要争论了。"张大力打断他们，"我不会去杀人，哪怕这个人十恶不赦。但是我也不想救马小元，他罪有应得。"

"你不杀死他，会有更多的人死。"小勇叫嚷起来。

"我知道，"张大力看着小勇，"今天就是想和你们商量一个解决办法。"他拿起一支试管，深蓝色液体，"这里边是苦纳一号，"拿起另一支试管，无色透明，"这是修复体。"他把两管溶剂混合起来倒进玻璃杯，蓝色变得浅一些，除此之外没有任何变化。张大力又加入苦纳合剂，浅红色的合剂倒入之后，蓝色变深。

"这是你的配方基本成分，但也够了。"张大力扎破手指，挤出两滴血，滴到溶液里，红色的血滴入蓝色液体，是深色的一团，疏忽间仿佛魔术，整个液体的颜色变成了乳白色。

张大力看了小勇和老五一眼，两人都紧张地看着张大力。

张大力默默拿起棕色粉末小碟，撒在玻璃杯里，粉末很快消融，溶液看不出什么变化，张大力继续撒入粉末。液体缓慢地凝固起来，颜色渐渐地转成深色。最后的一点粉末撒入玻璃杯，十几秒钟后，玻璃杯里形成了凝胶，就像咖啡色的果冻。

张大力拿起杯子："跟我来。"他走进一个小屋，屋子里放着巨大的显微镜。玻璃杯被放置在平台上，三束激光笼罩着它，微细的结构在屏幕上显示出来。

"你们看这个，"张大力指着一个卷心菜般的结构，"这是我们的新伙计，马小元的症状，就是它。"他向着小勇，"你们使用了新的修复体结构，这些修复体能更主动地寻找破损苦纳体，本来这没有什么，但是我的血液中包含一种特殊的苦纳体，和任何在售的都不同，这种苦纳体并不进行基因修复，它也并不照顾任何细胞，它的作用是替代老化细胞。如果它发现老化细胞，会转变形态，产生相应的细胞顶替上去。新细胞拥有这个细胞的全部功能，但是细胞核里没有DNA，苦纳体代替DNA作用。我们的纳米机器比DNA要坚固得多，不会产生老化问题，或者说，老化的过程比DNA要慢上百倍。"

"怎么会这样，你把最好的留给自己还有马小元？"老五问，"我不信。"

"当然不是。这是截然不同的作用机理。我很早就放弃了这方面的开发，原因很简单，这种方法的效率是一个大问题，纳米机器识别老化细胞很容易，但是生成新细胞很难。当初我们进行了许多试验，试图找到一个好办法让纳米机器指导细胞生长，然而蛋白质的构型太复杂，没有一种好的方法，替代效率极其低下，于是只能退而求其次，使用纳米机器来进行老化修复。修修补补当然不如全新替换，但是也已经很不错。"

"这种结构是有效的，但效果不比补品好多少，它可能让人多活几年。作为第一阶段成果，我们在很小的范围内提供了这种纳米机。我是自愿的，马小元也在其中。它其实不应该被称作苦纳体，当初我们只是叫它纳米机。"

"还有谁种了这种纳米机？"小勇问。

"过去的就不要再提了。"张大力看他一眼。

"如果不是这次事故，我已经忘了这种机器存在，但它一直存在人体内。它在缓慢消耗，但效率很低，你们看到，四十多年了，我的身体里还有残留。"

"它怎么又突然变成了癌症？"

"苦纳一号和新的修复体，再加上这种纳米机，这是小勇无意中找到的一种组合。这种新修复体会自动寻找各种缺陷的苦纳体，纳米机被它当作缺陷苦纳体辨识出来，但是纳米机不能被修复，新修复体和纳米机结合成一种新构型，正好可以把苦纳一号吸收进来，这是一种新型的纳米机。纳米机被设计来寻找老化细胞，产生新细胞代替，而苦纳一号的作用是修复老化细胞。它们结合在一起，作用变成了不断修复自身，它会生成一个子体，然后断裂成两个。"

"你们看到了，我加入一些金属元素，它们能利用它，结合水，还有苦纳合剂形成新个体，直到耗尽所有材料。"

小勇和老五看着屏幕，他们对张大力所描述的东西似懂非懂，这一定是一个伟大的科学发现。但是，这个发现来得并不是时候。

"张叔，我大概明白了，现在的问题是怎么办？"小勇问，"如果你

159

不能动手，让我来，你要告诉我该怎么办。"

"马小元的情况很特殊，他的身体里活跃着无数的苦纳体，把他的身体机能维持在一个很高的水准上。他没有病，这种新的纳米机制造的麻烦很大程度上都被苦纳体克服了，唯一有问题的是皮肤。纳米机可以在皮肤表层下自由生长，让他全身好像长满了肿瘤，但这些东西并无害，只是难看一点。"

"怎么会这样？"小勇略带一些失望，"难道没有办法吗？"

张大力摇头道："这不容易，他的身体已经成了一个复杂的苦纳体系统，这种苦纳体系统能够保护他，很难用一个简单的办法结束他的生命。"

小勇眼睛一亮："这么说您老已经找到办法了？"

"你要证明给马小元他的病能治。这种纳米机并不复杂，结构上，它比病毒复杂，比细胞简单，但是它很牢固。小勇你记好，两个步骤：第一，他体内的游离铁元素必须消除，包括血红蛋白中的铁，你要用一种苦纳体替代他的红细胞；第二，从我身上抽一管血，你可以得到这种纳米机，你的研究团队可以根据它研制新的消除剂，只要破坏它的均衡结构，别让它自我复制，它就是很好的消除剂，可以和那些变异的纳米机同归于尽。只要知道这两点，你就可以治好马小元，至于其他的，你自己去想吧！"

小勇默默地回想了一遍："但是他只相信你。"

"他只相信有能力的人，你可以证明给他看。"

"你打算怎么办？"老五问。

"我正打算和你商量这件事。我想去火星。"

"火星？"老五大吃一惊，"这是干什么！"

"这是遗愿。我要请你帮我处理遗产。"

"别开玩笑了，你活得好好的，说什么遗愿。"

"张大力早该死了。那么多人因为我的发明而死，我死有余辜。"张大力淡淡地说。

"可别乱讲，你的发明是好事，大大的好事。我们现在还活着，都是因为你啊。"

"是非功过，小勇，你说呢？"

"张叔，别拿我开玩笑。"

"说不清，说不清。老五，我真不知道苦苦追求那么多年，竟是错了，还是大错特错。你得好好地活着，帮我看一眼将来。"

"这是什么话？"

"一身臭皮囊，舍去存空明。"张大力轻声说。

小勇沉默了半晌："张叔，地球的确不适合你，你去火星吧，我来想办法。"

"必须抵抗，只有抵抗。不抵抗，我们就完了。"卡梅尔说。他慷慨激昂，然而听众都沉默以对。抵抗并不是口头上的事，最重要的是组建一支舰队，然而，舰队在哪里？如果对手控制了太空，抵抗将付出沉重的代价而得不到任何益处。

"必须抵抗，不抵抗，毋宁死。"卡梅尔说完重重地坐下。

没有人继续发表意见。所有人都看着张大力，等待他做出最后的决定。

"拒绝无理要求。"张大力简单地说，"明天我们对地球发表通告。"

从会议室出来后，张大力顺着螺旋楼梯上到顶层，他的主席办公室就

在这里，这是光荣城最高的办公室。

火星治理委员会的办公大楼耸立在高高的卡尔峰顶。和地球不同，火星的城市从高处起步，逐渐地向下移动到山谷、平原，最繁华最核心的中枢，都在高地上，因为这些都是从太空降落的遗留物。

窗外是一个接一个的圆顶，向远方延伸。再远处，火星赤红而粗糙的表面覆盖着地平线，一些自动机器正在进行土地平整。按照计划，那里将耸立起氧气工厂，不断地向大气中释放氧气。虽然火星人的体质已经极大地适应了这种稀薄大气，但氧气始终是一个大问题。

张大力打通卡梅尔的电话："到我这里来，我们要商量战争的事。"打完电话，他静静地坐在办公桌后边，似乎陷入了沉思。三十五年前，他逃离地球来到火星，在这里，他找到了自己的价值。然而命运之神似乎总是和他过不去，地球发来一篇措辞严厉的通告，要求火星居民进行自我甄别，如果在三年的时间内不能完成，将进行强制甄别。

甄别这个词具有特殊含义。十五年前，地球结束长达十年的全面战争，达成了大一统，整个地球的人口只剩下三千万，所有的国家都变成了地理名词。战争的起因就是甄别。地球上剩下的只有新人类，他们是苦纳体和人类原始基因的混合，分作十多种类型，社会分工由不同的人种担任。一种从未在历史上出现过的社会形态呈现在地球上，各个种族的比例被精确控制，各司其职，整个社会高效运转。主宰一切的是高智人类，他们人数极少，却拥有绝对权威，其他人种无条件地服从高智人，维持社会运转。这是一种奴隶社会式的结构，却无比稳定，因为高智人垄断苦纳体。每一个婴儿诞生之后，高智人将根据需要决定他最后能成长为什么类型。而婴儿的诞生，也由高智人根据需要决定，由专事生育的人实行。

战争就是由这些掌握了最高权力的人挑起的，他们试图改造整个社会。毫无疑问，他们成功了。大量人口被清理，六十四亿人口，只需要保持三千万，这些成功统治了地球的人类对于这样卓有成效的灭绝非常得意。

现在轮到了火星，决不能让地球的悲剧在火星重演。张大力的决心强硬。然而，地球并不只是恫吓，他们在积极准备，一只庞大的远征军基本成形，就在月球轨道上悬浮，一旦冲日到来，就会向火星进军，那也就是三年期满的时候。这些远征军不会心慈手软，对于任何没有达到甄别要求的人，他们会毫不犹豫地大开杀戒。

卡梅尔来了，张大力仍旧在沉思中。

卡梅尔没有惊扰张大力，在一旁的椅子上坐下，静静地等待。

"该怎么打？地球那边集结了三艘母舰，将近两千架空天战斗机，他们甚至准备了两个空降机械旅，准备在星球表面作战。"张大力突然开口。

"我们也有军队，"卡梅尔说，"我们完全可以抵抗这种无耻要挟。地球的悲剧大家都有目共睹，如果我们投降，下场会和地球一样，六百万火星人能剩下多少？六万人？六千人？死掉的都是我们的兄弟姐妹。"

"不要再说这些，我找你来，是商量怎么打。"

卡梅尔意识到自己完全没有进入状态，他让心情平静下来，把草拟的方案在头脑中过了一遍，然后说："在你来到火星之前，我们有六个部族，彼此间打了很多年，大家都承认最有军事才能的人是克里斯·沃拔力德，他属于曙光城，我们可以请他来统领联军。我们只有一些小而薄的船，根本无法和他们硬碰硬较量，克里斯最擅长在火星的砂土地上打游击。"

"你的意思是让他们降落，然后消耗他们？"

"是的。既然他们打算来，可不是为了坐着飞船在火星上空观光，他们一定会试图控制火星。如果我们不投降，他们就达不到目的，他们必须下来和我们战斗。别忘了，他们有超过六千万公里的补给线，而且三年才有一次，而我们，生在这里，长在这里，只要不让他们在火星扎根，他们就拿我们没办法。"

卡梅尔积极而乐观的情绪感染了张大力。然而他必须考虑更现实的问题，如果地球远征军控制了太空，那么地面所有的目标都暴露无遗，而且他们可能会使用极端手段来迫使火星人就范。

"如果他们使用核武器？"张大力提示卡梅尔。

"他们一定会用核武器，"卡梅尔说，"他们在内战中到处使用核武器，没有理由对我们特别仁慈。所以我们要做好准备，向地下挖掘，不要让他们发现我们。而只要他们降落，我们就消灭他们。"

张大力微微一笑，卡梅尔的话带着年轻人的锐气，总把问题向好的方向想。他站起身，走到卡梅尔面前："你的设想是不错的，但是对火星的伤害太大，我们要做好战争准备，把他们堵截在太空里。"

卡梅尔一愣，这么大胆的设想他从来没敢奢望："我们没有舰队。"他看着张大力，"怎么可能把他们堵在太空里？"

张大力并不解释，却问了一个不相关的问题："火星有六个大部族，彼此间进行了十多年的战争，我孤身一人来到火星，凭什么能成为这个城邦联盟的主席？"

"你给大家带来了希望，大家因此心存感激。"

"这只是事情的一方面，更重要的一点，我得到你父亲的支持。没有他的支持，火星全适应计划不可能如此成功，甚至不会有这个计划。你的父亲是否和你提到过一个朋友，一个画家，姓钱。"

"没错，他和我提过。这个人回去地球，然后你就来了。地球上死了那么多人，不知道他是否还活着。"

"他已经死了。我为了离开地球而假死，然后有人把我送到火星，因为这个，死掉了好多人，其中包括这个姓钱的朋友。'

"嗯。"

"用牺牲来换取某些成功，这并不是我所希望的做法。然而，我们同意，如果地球真的万劫不复，那么至少火星可以留下一点希望。为了某种信念，生命是可以被舍弃的。这是牺牲，也是某种幸福。"

"我同意。"卡梅尔看着张大力，他意识到主席就要说出最关键的内容。他有少许疑惑，然而充满期待。眼前这个人，凭借一己之力结束了长年纷乱，让火星呈现出一个完全不同的面貌。他是否有方法再次拯救火星？

"我在地球上曾经很成功，但最后事实证明我错了。在火星上，我获得了另一种成功，这一次看起来一切都还正常。我同样竭尽全力推广纳米体，希望人们能幸福，结果却得到不同的结果。你说这是为什么？"

卡梅尔没有答案，他看着张大力。

"权力。卡梅尔，是权力。那些掌握权力的人，是否能够抵抗权力的侵蚀。地球上，权贵看到我的发明，然后找到了一个捷径，从此不仅仅在物质上超越普通人，还利用我的发明在身体、智力和精神上大大地向前跨越了一步，从此对于特权更为心安理得。而火星上，你的父亲是一个男子汉，坚强刚毅，而且无私。他无条件地相信我，把他的孩子送到我的实验

室，给所有火星人做榜样。他力排众议，帮助我抵抗压力，最后我们从根本上改变每一个人的遗传体质，而不是后天强加某些东西。最初的一点努力，可以得到完全不同的结局。我想，如果我在地球上遇到的是你父亲一样的人物，地球的灾难也许可以避免。"

张大力的话让卡梅尔想起了父亲。临终前，他用枯瘦的手拉着卡梅尔，他最后的遗嘱不是关于财产，也不是关于光荣城，他只提到了张大力："卡梅尔，你要相信张大力，无条件地信任他。他是一块经过锻淬的钢，比任何人都要纯粹得多，你也许感受不到，但是你终有一天能够感受到。信任他，追随他……"父亲浑浊的老眼里涌起一丝光亮，随即暗淡下去。卡梅尔坚信父亲的判断，这八年来，一直坚定地支持张大力，以至于所有其他部族都认为，虽然老卡已经死了，光荣城仍旧是张大力最最铁杆的支持者，他们相信，哪怕光荣城和所有其他部族反目，也不会背叛张大力。

"你的个性很像你父亲，而且你是第一个完成纳米体替换的人，你是第一个真正意义上的火星人。你可以在火星的稀薄大气里生存，所有人都把你看作一个奇迹，他们终于愿意相信我是那个命中注定要来拯救火星的人，就像你父亲所说的那样。"张大力顿了顿，"那一次你还是个孩子，是出于你父亲的愿望。这一次，你必须自己做出决定。"

卡梅尔点头，眼神坚定："告诉我该怎么做。"

"我们的纳米工程师一直在高效工作，这是个值得大家尊敬的团队，他们所达到的成就比我们预想的要多得多。两个月前，我们完成了一次试验，把纳米机释放到空气中，这些纳米机能够在恶劣条件下生存，一旦条件合适，就可以苏醒，它们就和病毒一样。"

卡梅尔敏感地抬起头，张大力的话轻描淡写，却内容惊人，这是一种全新的人造生命："你用纳米机制造了一种生物？"

"从某种意义上，可以这么说。我们把纳米体和人类基因结合在一起，这已经修改了生命的本体，我们就是全新的人类。制造出一种全新的生物，也是顺理成章的事，只是一个时间问题。"

"这和战争有什么关系？"

"地球上的人们只是使用苦纳体修补身体，他们的所有遗传仍旧没有改变，他们的身体并不会自行制造苦纳体。而我们的基因，把纳米机的生成和线粒体制造捆绑在一起，是全新的基因。如果地球人得不到苦纳体，他们就会恢复到常态，而对火星人来说，纳米机就是身体的一部分。"

卡梅尔意识到张大力的言中之意："你是说我们可以借助这种差异来对地球人进行打击？使用某种病毒？"

"是的。"张大力看着卡梅尔，"我们需要几个勇于牺牲的人，他们的身体会被改造，他们可以控制自己的身体不断产生纳米机，散发到空气中，如果所遭遇的细胞并没有包含纳米机基因，这些纳米机会改造细胞，人体的免疫系统会被加强. 所有的苦纳体会被杀死并被取代。考虑一下他们的社会结构，极少数人依靠苦纳体控制着绝大多数，一旦绝大多数人摆脱了控制，这种不稳定的结构会被打破，无论之后情况如何发展，火星会赢得时间，地球获得新生，他们有很多事要做，无暇顾及六千万公里之外的火星。"

卡梅尔眼睛发亮："这是一个好主意，我们还要好好想想怎样才能把人送到地球去，航班已经中断了十年，我们一时没法送人过去。"

"是的。所以，这些人要成为反叛者，向地球投降并表明自己愿意接受地球统治，向地球提供火星的情报。他们得具有一定的身份，要求代

表地球对火星进行统治。他们要承受背叛的污名，还有被杀死的生命危险。"张大力看着卡梅尔，"但是，他们将保全火星。"

卡梅尔怔怔地看着张大力，半晌说不出话。

"来自地球的飞船？"克里斯有些疑惑。现在是合期，火星和地球各在太阳的两端，距离遥远，在这个时候出现一艘地球飞船，是很让人困惑的事。

"他发出联络信号了吗？"

"飞船正进入外层轨道，没有任何信号。"

"派人勘查。"

空间站很快送回了消息。克里斯略为思忖："把飞船从轨道上抓下来，送去给大师。"

"大师正在闭关，距离出关还有三十天。"

"先把飞船抓下来，再等三十天，反正它已经飞了三十年，迟到三十天也没什么。"

……

阳光从窄窄的缝中射入室内，正正地照在张大力的头顶，张大力缓缓睁开眼睛。他刚完成了一次对话，和另一个头脑如此紧密地交流，这真是一种非凡的体验，它就在身体里边，头脑之中。

门自动弹开，时间到了。

张大力站起身。闭关的时间越来越长，每一次起身也越来越吃力，然而他了解自己对于这个星球的意义，他还是要出去会见那些热切盼望的人们。

他从山顶上走出来。

　　下边汇聚的人群顿时喧闹起来：“大师出关了。”人人都争着向前，试图看得更清楚些。

　　张大力向人们挥手致意。

　　有人端上来一个碟子，上边摆放着精致的食物，还有水：“大师请用。”

　　张大力微微摆手。他的身体不需要太多的营养，事实上，他从阳光中吸收能量。

　　“大师，您是否做一次巡视？”

　　张大力微微点头：“带我去光荣城看看。”这个意思被当作无上的光荣传递下去。

　　“大师。”有个士兵装束的人在人丛中向前挤，不断高声叫着。张大力预感到发生了什么，他看着那个人，吩咐身边的侍者：“让那个年轻人过来。”

　　年轻的军官被带到了张大力面前。

　　“我是克里斯将军的副官，将军命令我带给大师一个消息。一个月前，我们截获了一艘地球飞船，将军说您有必要看一看这艘飞船。”

　　一个月前？张大力抬头看了看天空，尽管是白天，他仍旧清楚地看到一颗颗星星。这是毫无疑问的火地合期，地球来的飞船？

　　张大力没有丝毫困惑的表现，只是淡淡地问：“飞船在哪里？”

　　“在第三基地。”

　　“你先回去，我会跟上。”

　　“是，我马上报告将军。”

　　一辆快速气垫车出现在基地门口，基地大门敞开，气垫车长驱直入。

最后在蛋形大楼前停下来。克里斯早已经迎候在这里。

车门打开，克里斯迎上去，小心地扶住车门："大师，您老慢点。"

张大力慢悠悠地起身，冲着克里斯点点头，缓缓地走向大门，似乎周围的一切都无关紧要。二十多年了，自从他开始闭关，他就一直是这种漫不经心的模样，这不是心安理得，只是泰然自若。对人世间的一切，他只有淡然。

张大力走进了里间。这是一个宽敞的大厅，阳光透过玻璃照进来，一片暖洋洋。一艘小飞船陈列在中央，飞船已经被肢解，一个巨大的柜子摆放在飞船边。

张大力走过去，巨大的冰柜里放着一具尸体，面孔依稀有几分熟悉。是小勇。

"他是来找我吗？"张大力问。

"是的。他知道自己无法活着到火星，留下了一段录音。"

"给我听听。"

一阵轻微的嘈杂后，录音开始播放。

"张叔，我知道如果不是您老，事情不可能变成这样。我们中了计，那个叫卡梅尔的火星人带来了某些东西，一切都变得失控，所有人都在造反，即便他们失去了苦纳体的供应，也能继续生存，高智人都处在危险边缘，也许他们都被杀了。我逃了出来，在这艘飞船上思考整个过程，我想我了解了原因，虽然我体内的苦纳体已经降落到危险的水准，但我还是好好地活着。这是你所说的细胞置换吗？我们应该早点研究这个。

"这艘飞船速度不快，我设计了线路，让它三十年后在地球的另一面和火星会合，这是一条死路，追杀我的人即便发现我的线路，他们也不会追来。但我也活不了，所以，如果你真有一天能看到这艘飞船，我一定已经死了。如果我见到你，我能说什么？

"您老是对的。我们成功地暗杀了马小元，但是马上，地球上就开始了新的战争。我身在其中，身不由己。也许我当时应该和您一道去火星，但是一切都晚了。我杀死了很多人，我死有余辜。不过，我还是想请您原谅。我只是不甘心，我知道您老的理想，跟着您和父亲一起奋斗，真不甘心就这样放弃。事实证明，我还是错了。

"我父亲死了，他因为反对甄别被强制死亡，我保护不了他。他给我的遗愿，要我到火星去，告诉您，我们走在了错误的路上，希望您在火星能找到一条新的路。看起来您已经成功。

"火星，但愿那里一切都好。火星的人，如果您发现了这个消息，请帮忙转告张大力，我相信他一定还活着。

"我要死了，再见。"

录音到此结束。

张大力默然无声。他示意打开柜子，把小勇的遗体抬出来，摆放在地毯上。他半蹲，伸手覆盖了死者的口鼻。他催动体内的纳米机，从细胞中溢出，通过手掌，进入小勇的身体。他注入了数以亿计的纳米机，这样的消耗显然超过了身体的承受能力。停下来！头脑中有个声音向他呼唤。他收手，跌坐在地上。

周围的人赶紧围过来，手忙脚乱地扶起他。

张大力摆摆手，让他们都退下，他盘腿而坐，闭目养神，只说了一句："让光一直亮着。"

两个侍者留下，其他人都轻手轻脚地退了下去。

又一辆气垫车向着第三基地疾驰而来。来人在基地大门下车，飞快地通过安全门，他看见克里斯，赶紧问："大师呢？"

"大师试图让那个人起死回生。"

"这就不该给大师知道。"来人显得很焦急。

"卡梅尔吗？进来吧。"

卡梅尔进到屋子里，张大力仍旧端坐着，两个侍者正撬开死者的嘴，灌入一些水。

"卡梅尔，坐。"张大力示意。

被称为卡梅尔的人是卡梅尔家族第三代，他的父亲叛离火星，去了地球，再也没有回来，整个家族虽然没有受到直接的牵连，却无时无刻不感受到来自他人的鄙夷。然而地球的舰队却没有来，地球发生了巨大的变动，那里的人变得和火星类似，一心一意建设家园，对火星没有敌意。真相大白，卡梅尔一夕之间成了火星英雄，声望甚至超过了他的父亲。卡梅尔三世却并没有继承祖父和父亲在火星政界的巨大影响，他加入了光荣城的纳米机研究团队，成了一名科学家。但因为家族的原因，他和张大力关系密切。

"我的时间到了。"张大力说。

"大师，您是所有人的精神导师，你还要不断地指点我们。"

张大力看着卡梅尔："这个人会在三天内转醒，你帮我照看他，他是我的一个故人。"

"是。"

"克里斯。"

克里斯走进来："大师，您找我。"

"太空一号完成了吗？"

"没有完全完工，但是已经投入使用，现在那里是我们最重要的太空基地。"

"带我去那里。三天后，你把卡梅尔和这个人一起带来见我。"

"是。"

李小勇从来没有想到居然会以这样的方式和张大力见面。

他活了过来，在死去将近三十年之后，他活生生地站在这里，看见，听见，呼吸，思考，说话。这真是一个不可思议的奇迹。如果能够再次醒来，死亡只不过是一次长长的沉睡。

"你死在太空里，身体并没有被不可逆转地破坏。纳米机帮助你的身体重新恢复生机。"张大力说。

小勇不知道该说什么。他亲眼见到了火星的欣欣向荣，看到了他曾经的张叔被火星人当作神一般崇拜。一个能够起死回生的人，这就是神。

张大力让所有人都离开，只留下卡梅尔和小勇两个。

"我要走了。"他简短地说，"我让克里斯给我准备了一艘飞船。我告诉他要回地球去看看，但是我会向太阳系外飞行。"

"大师，你这是做什么？"卡梅尔大惑不解，也有几分着急。他知道大师肯定有自己的理由，然而他绝不想看到这样的事发生。

张大力缓缓说："我的身体发生了一些特殊的变化，这可能是好事，也可能很可怕。最安全的选择是杀死我，我并不在意自己的生命。然而我身体里的这些小东西，它们也是有生命的，我不愿意杀死它们，我带着它们走。"

卡梅尔明白大师说的是什么。为了渗透地球，父亲和几个绝对可靠的人在他的指导下进行了纳米机植入更替。他们身体内的纳米机可以自由出入细胞。他们去了地球，成功地把纳米机渗透到地球的每个角落，解放了地球，然而也付出了生命的代价。两个星球上，只有一个人身上还存在这种能够自由进出身体的纳米机机制，那就是大师。

三十年来，大师的身体里出现越来越多的自由纳米机。这些小机器能够被他的意志驱动，同时它们也在某种程度上独立。它们在身体各处聚集，仿佛建立一个个城市。它们和他的头脑建立了某种联系，甚至能够直接和他对话。

卡梅尔帮助大师一道研究这个问题，然而始终不得要领。这些寄居的小生命似乎因为某种特别的原因而充满了原始的生命力，它们突破细胞的界限，突破体液的限制，甚至突破了血脑屏障。谁也不知道它们下一步会达到怎样的程度。

"卡梅尔，我把一部分纳米机转移到了小勇的身体里，小勇的身体和接受了改造的地球人类似，我给了他足够的纳米机，如果一切可以重现，你就有了一个从头开始研究的机会。如果小勇一切正常，那么这就是发生在我身上的偶然，你们只需要备案，把问题留给将来吧。"

"小勇，你有很多时间，可以在火星上多走走。这里是一个公平自由的社会，大家彼此间友爱，你会喜欢这里的一切。你死过一次，死亡和生命对你来说都不是那么神秘。但是这件事，你身体里的纳米机，也许就是人类将来再次进化的契机。但也许，这又是一个潘多拉之盒。你要配合卡梅尔的研究，如果发现情况不妙，你要有自我毁灭的勇气。"

小勇点头说："我明白。"

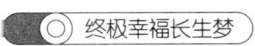

"你父亲临终的时候好吗？"

小勇沉默不语。父亲被剥夺了苦纳体，身体急剧衰退，临终的时候，成了一副皮包骨的模样。

张大力见小勇不言语，淡淡地说："好吧。他终究是死了。永恒的平静也是一种幸福。我当初让他长久地活着，不是一个明智的决定。"

"卡梅尔，我要走了。记住我说的话，也不要阻拦我。特别是，在我离开之前，不要告诉任何人。"

卡梅尔含着眼泪点头："大师，我会照你说的做。"

张大力示意卡梅尔走近，伸手在他的头顶上摩挲："傻孩子，我这是超度自己，这是一件高兴的事。"

尾声

飞船在无尽的黑暗空间中飞行。火星被远远地甩在身后，太阳也慢慢变成了遥远的烛火。

动力耗尽，它成了一艘漂流船。船上只有一个乘客，死去多时。日子慢慢过去，乘客的面目逐渐变得模糊，他的身体也逐渐失去了形态，成了一团软绵绵的肉。

无数的日子过去，飞船逐渐老化，软软的肉团也变得坚硬，仿佛成了一块干硬的石头。

飞船靠近一颗恒星，这是一颗青白的巨星，灼热的辐射照射着飞船，飞船分崩离析。干硬的石头在辐射中变得柔软，它慢慢地散开，仿佛消融在空间中，最后，它成了薄薄的一层雾。

张大力仿佛突然间醒了，他看到一个巨大的青白火球在他眼前燃烧。

"主人，你终于醒了。我们该做些什么？"一个声音问。

张大力很快明白发生了什么，他的肉体已经消失，这些小小的纳米机器完全消解了他的肉体，却把他的思维完整地复制下来。

"我们在哪里？"

"我们也并不清楚，这里有一个巨大的恒星，可以提供无尽的能量。"

"帮我找到太阳系。"

"是的，主人。"

薄薄的雾继续扩展，它不断地吸附漂浮的尘埃，不断地制造新个体，最后，它接触到一个星球。星球仿佛一个无穷无尽的源泉，让它自由自在地生长。它几乎截断了来自恒星的一半光线，竭尽全力收集信息，飞速计算，判断那个最初的太阳位置。

"主人，那里就是太阳。"

张大力随着指示望去，一颗红色的星星璀璨夺目。太阳已经变成了红色巨星。究竟过去了多久的日子？那里的人们是否还好？

"主人，我们该做些什么？"

"脱离这颗星星，我们继续向前。"

薄雾体系开始收缩，它生长出一些坚硬的结构，从恒星的火焰中汲取能量，然后收缩，成为一个坚硬的核。坚硬的核体喷射出火焰，推动它摆脱恒星的引力。

它不断地飞。最后，张大力说："我们飞出银河。"然后他陷入沉睡。

当他再次醒来，银河仿佛一个完美的螺旋，就在他的眼前。

张大力给了自己一个新名字，再后来，他忘了自己的名字。日复一日，他遥望银河，那是他永远回不去的故乡。星星死了又生，生命来了又去，无数个世界里，类似于地球的故事一遍又一遍地上演。再后来，银河也暗淡下来，星星们不再发光，尘埃遮蔽，成了一片朦胧的星云。

张大力观察着，停止了思考，仿佛和宇宙一样，成了无我之物。

终于有一天，这样的日子到了尽头。张大力突然开始思考问题，他汇聚了数十个星星，让它们彼此吸引，在巨大的物质流引发的引力波动中，他不断回想那些悬而未决的事。他只能想起极为有限的东西，其中包括一个问题：到底怎样才算幸福？在他有限的生命里，他无数次找到了答案，然后又否定了它们。

此刻他和宇宙融为一体，在这个宇宙里，他的存在趋于永恒。幸福只是一种感觉，永恒之物无所谓幸福。然而他还是给问题找到了一个答案，虽然不能提供给任何人。张大力陷入沉睡，他和宇宙同寂。在进入最后的睡眠之前，他把所有问题的答案发往宇宙。对于幸福问题，他的答案是一首诗。感谢在他的生命最初形态时期那位可爱的同学，睡在下铺的兄弟，执着地坚持让张大力有兴趣往郑本薄薄的集子上多看了几眼并记住了一些东西。

　　　最后，在纸角上
　　　我还想画下自己

画下一只树熊

他坐在维多利亚深色的丛林里

坐在安安静静的树枝上

发愣

他没有家

没有一颗留在远处的心

他只有，许许多多

浆果一样的梦

和很大很大的眼睛

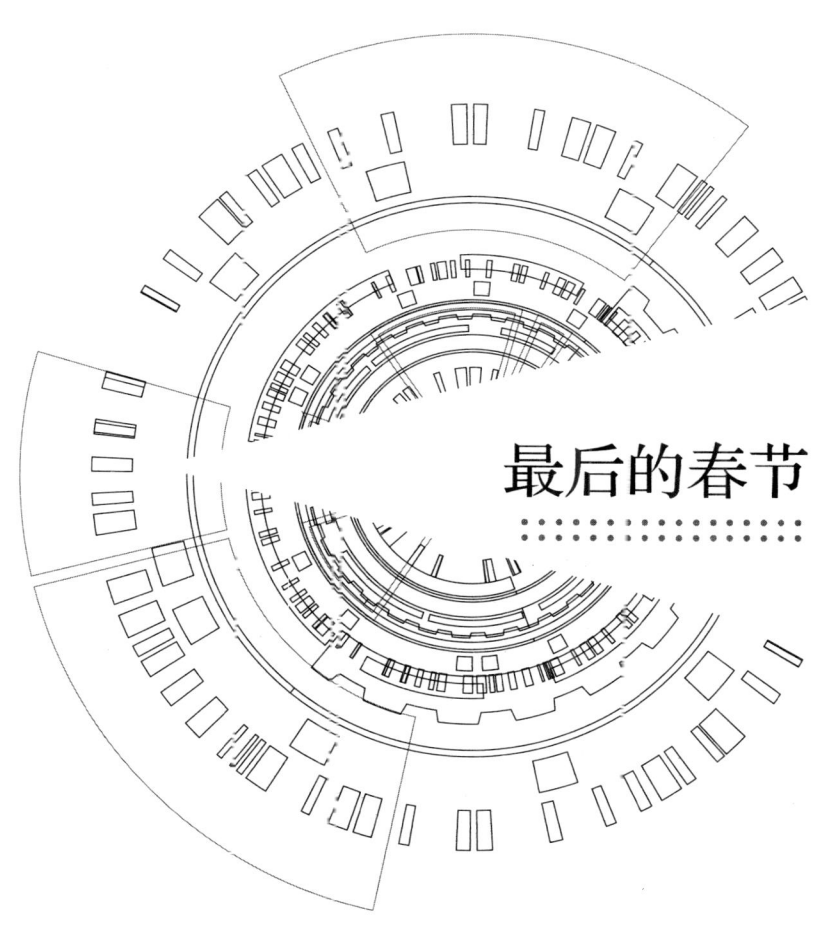

最后的春节

　　"这是最后一个春节了……"父亲端着一个杯子，面色沉郁。他并没有看着儿子，而是看着杯中略带些混浊的液体。

　　一张两尺五的圆桌上，摆满了菜肴。父亲和儿子在桌旁并肩坐着，沉默无言。

　　最后，儿子怯生生地开口："爸爸，为什么这是最后一个春节？"

　　"因为爸爸已经到了年纪，而你还太小。年纪太小，是不能申请节日保留的。"

　　"等我长大了，就可以了。"

　　父亲摸了摸儿子的头，"傻孩子。"他轻轻地回应了一声。

　　他拿起筷子，夹起一筷子菜，放在儿子的碟里："来，儿子，如果这是最后一个春节，我们就过得欢快一点。"

　　……

　　屏幕在眼前收缩，最后变成一缕光消失不见。

　　这真是一个令人悲伤的结局。4号观察员揉了揉眼睛，长时间观测让他感到双眼肿胀。

　　"4号，报告你的结果。"

　　那令人讨厌的声音传来。托雷斯这个混蛋，简直就像毫无感情的机器。

　　"你如愿了，果然这是最后的春节了。"4号不情愿地报告了事件。

　　"我早就跟你说过，除了购物节，所有的节日都会没落，或者变成购

物节。根据模型计算，再有十二年，春节就会从目录里消失，星球完全物化。"托雷斯的声音有几分得意。

托雷斯所设计的文明物化模型已经多次被证明是对的，对春节也不会例外。

一颗完全物化的星球就会被降级。那个时候，4号和托雷斯的任务也就结束了。

"这不公平，你给的收割年龄太严格，如果按照他们的正常生物年龄，不该这么快。"4号争辩。

"难道你不想早点回家？你要明白，这个星球不降级，我们是回不去的。"托雷斯飞快地反驳。

4号沉默下来。

是的，如果这个星球不降级，他们就要继续守在这里，直到星球降级为止。降级意味着这个星球不再是文明的保留地，可以进行二次开发，清理者会将星球一扫而空，所有的残余人类都将被收割，送到博物馆里当标本，或者……销毁。

托雷斯为了早些回家，将他们的收割年龄定在男性三十五、女性三十。这是让一个星球降级的隐蔽手段，即便被发现，也不会被定罪。4号很不喜欢这样的手法，但是，他也想回家。

沉默一小会儿后，他再次打开屏幕。画面上，父子正站在窗前，望着窗外。窗外一片寂静，黑沉沉的夜空里只有一个发亮的物体。4号知道，那就是自己所在的极乐号飞舰。

他们一直站着，小声交流，最后，父亲从桌下拿出一样东西。那是一个红色的箱子，上边有各色花纹，看上去是纸制品。"最后的春节，我们来庆贺一下。"父亲说着打开了窗户。

他擦出火花。碎花装饰的红色箱子像是被点燃了。随着一声尖厉的

响，一道火光划破夜空，紧接着是一阵噼里啪啦的爆炸，天空中炸开无数的火星，黑沉的天地一瞬间被点亮。

显得有些沉闷的空气一扫而空，父子的眼里闪闪发光。

这场面倒有些像是文明的祭祀仪式，4号默默地想，可惜是最后一次了。如果托雷斯是对的，那么再过十二年，他们就可以回家了。4号关掉屏幕。

年是这个星球绕行太阳一周的单位，十二年的时间不算太长，不过对于这些自称为人的生物，那已经很漫长。当他们沉浸在一个又一个购物狂欢里，沉浸在无穷无尽的丰富享受而心满意足时，他们根本就不会再去思考什么样的命运在前方等待。

就让他们度过这最后的狂欢吧！

……

一年又一年，果然没有人再过春节了。就像从前一个又一个纪念性节日一样，当最后的纪念者被收割，它就被遗忘了。

泼水节，火把节，象神节……春节是最后一个。正是从最初的几个节日消失的例子里，托雷斯总结出模型，并且定下了最佳收割年纪，之后，他对节日消失的预测总是正确的。

托雷斯似乎又要赢了。

最后的胜利。

再有两天，他的任务就可以结束，一份报告书将被送到总部，后边的事情就和他不再有关。说到底，他对这个星球上的人心怀同情，这是托雷斯过度压迫的结果，应该给他们更多一点的时间，就为了那些没有被物化的人。然而，如果他们真的都被物化，也没什么可同情的。

机器响了一下，4号百无聊赖地扫了一眼，他的精神一下子抖擞起来。

有人申请春节！

他飞快地查询数据库，很快他找到了事主。是的，事主就是那个十二

182

年前的小男孩。他长大了，今年二十二岁。

4号感到一丝激动，他哆嗦着，要在延续的按钮上摁下去。

托雷斯错了，这简直太棒了！

"4号，忽略那个信号！"托雷斯的声音传来。

"这是文明延续信号，我不能忽略。"4号坚定地说。

"如果我的模型出错，我会很丢脸的。而且，你不想早点回家吗？就当作你睡着了，是我在值班。"

"不！"4号坚定地回答，摁下了按钮。

屏幕在他眼前展开。

一张圆桌上摆满了菜肴，两个人隔着桌子相对而坐。这一次，没有灯光，他们用的是蜡烛。

一男一女，男的是长大的孩子。

"那天你问我，什么会让我们不一样。"男人说。女人隔着桌子望着他，等待下文，蜡烛摇曳的光线让她显得妩媚动人。

男人笑了一下，继续说：

"我想了很久，至少三天，白天黑夜都在想。圣诞礼物，双十一购物，双十二购物，这些都让人感到高兴，却不会让人感觉不一样。我想给你不一样的感觉。

"昨晚睡前，我翻来覆去睡不着，走到窗户边，窗外很寂静，一点声音也没有，我只能看见天上的汪星人飞船，它就像一盏灯一样挂在漆黑一片的夜空里。

"我忽然想起来，我父亲离开之前给我过的最后一个节。那叫春节，没错，那叫春节。我马上去查，果然，这是一个法定节日，然而已经十二年没有人过了。"

男人站起身来，走到女人身边，拉着她的手，也让她站起来："我给

你看样东西。"

窗帘打开，窗外深沉的黑暗涌了进来。一片漆黑的天幕上，汪星人的飞船高挂，寂静无声的世界里，人们都在沉睡。

火光划破了夜空，色彩斑斓的烟花就像浓烈的颜料泼洒在黑色的画布上，响声震动着整个世界。

4号还是听见了男人的声音："这是个仪式，代表我们没有忘记。除了购物，还记得些东西，这是不是有些不同？"

女人依偎在男人身旁，没有说话，漫天的光影在她的眼里闪动。

"我们早点生个孩子，让他知道我们是不一样的。在那个到来之前，我们可以让他记住我们的不一样。"男人抚摸着女人的秀发，轻轻地说。

4号默默地关闭屏幕。

这一对男女永远不会知道他们的行为造成了什么样的后果——他们让数十亿人的生命延续了至少十二年。

"托雷斯！"他忽然很想找这个高高在上的同僚聊聊。

托雷斯仍旧是一副欠揍的腔调："4号，你的同情心过于泛滥了。"

"我很高兴你的模型失效了。"4号毫不客气地说。

"模型并不失效，只是需要一点修正。"托雷斯仍旧是一副桀骜不驯的样子，"想和我打赌吗？从现在算起，只需要三十三年。"

模型总是对的，但总会有意外。三十三年的时间，也不算太久，至少和已经过去的两千多年相比，只是短短的一瞬。

"好！"4号坚定地回应了挑战。

他明白这个世界逃不过冰冷的模型，然而总有些不一样的东西值得期待。

他漂移到窗前，透过舷窗向下望。

星球上，火树银花，烟火的表演正旺……

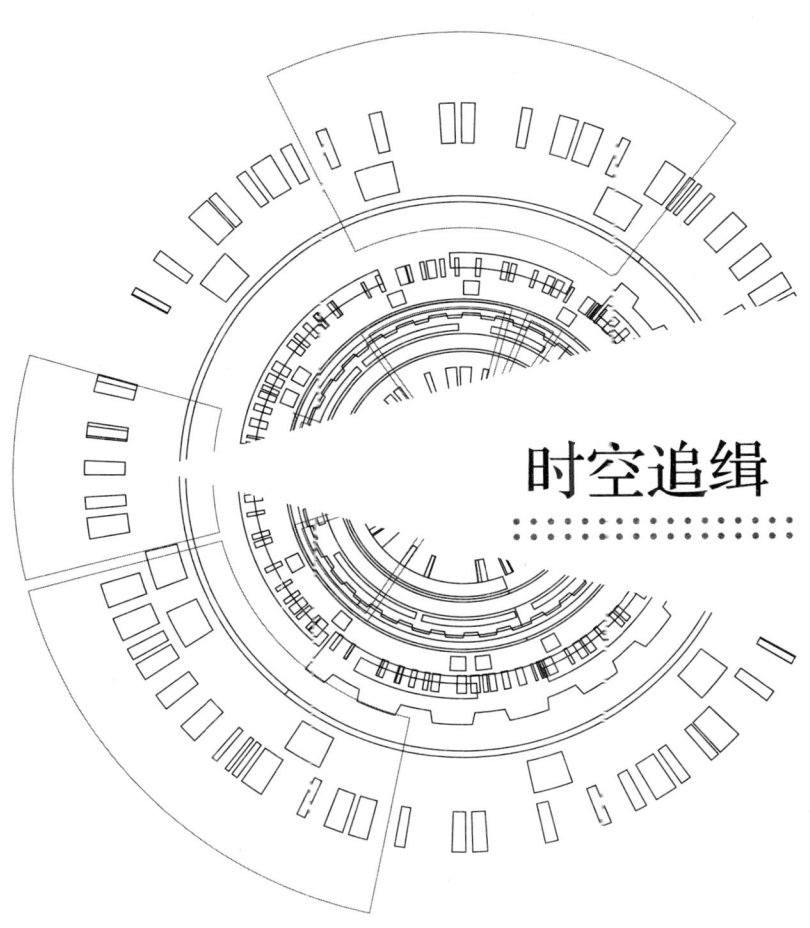

时空追缉

　　"这个任务很艰巨，你想一想再回答我。"总长坐在宽大的皮椅上，整个人陷在里边。他正望着马力七十五，细小的眼睛眯成缝，几乎看不到他的眼球。然而马力七十五知道他正盯着自己。

　　马力七十五眨眨眼："我想过了，我会去的。"

　　"好。"总长站起身，绕过办公桌，走到马力七十五面前。总长的身体很高大，让人有一种威压感。他认真地盯着马力七十五，突然转身，走过去关上门。透过玻璃，上百名警员正忙忙碌碌。总长注视着这一切，他没有回头，突然开口说话，"马力，你是最好的警员。坦白地说，我不希望你去执行这个任务。"

　　马力七十五默默地听着。

　　"但是，我们需要一个交代。"总长转过身，正对着马力七十五，"你了解卡洛特，他是个危险人物。"

　　"是的，他的确非常危险。"

　　"而且非常嚣张。"总长踱步回到大方桌后边，再次陷落在椅子里，重重呼出一口气，"如果他偷偷地潜逃，那也就算了，我们管不了那么多。但是他居然把这个消息送到新都会，还有大大小小二十多家媒体，进行现场直播。现在这个事，连总统的新闻发布会都在谈，你知道我的压力

会有多大。"

"我明白。"马力七十五简短地回答。

"好的。他是匪徒，你是英雄，你要去追缉他，而且要有和他一样的排场。"

马力七十五不禁微笑——多年以来，卡洛特一直生活奢靡，出入各种高档场所，挥霍他那些来路不正却没人能指证的钱。他也捐赠大量的钱，从街头的流浪儿到天穹星的开发，事无大小，他几乎都会以一个慈善家的身份参与，赢得无数的闪光灯和掌声。至于那些展示学识和优雅的艺术沙龙，他们都以卡洛特能够参与其中为荣。卡洛特其人，就是排场的代名词。马力七十五，则是一个秘密警察，一个低调、隐忍、办事规矩的政府雇员，和排场绝不搭调。

"我们会给你五星勋章，总统会亲自把勋章给你戴上，表彰你五年来兢兢业业地搜罗卡洛特的犯罪证据。然后你会有一艘最了不起的飞船——双子星号。和那个该死的贼偷走的同样型号，他偷走的只是原型机，你的飞船是改进型。而你，我会当众宣布，你是我们最杰出的探员，你经手的大案子会全部公之于众，人们会知道你是个多么了不起的人物。"

总长站起身，双手撑着桌面，身子前倾："你会成为历史人物，马力七十五。一个人一生能得到的最大的荣誉，你会在三天内全部得到。"

马力七十五点点头："我明白，总长。我会去的，但是有一个小小的要求。"

"哦？"总长有些意外，他第一次听到自己属下的秘密警察会提出要求。然而他爽快地答应下来，"你说，只要能办到。"

"我走之后，希望得到一笔钱，数目大到足够一个人体面地过完一辈

子，存入瑞士金融银行指定户头。"

"我给你三百万，这笔钱每年的利息足够维持一个人的日常开销。另外，十年之内，每年追加通货膨胀补偿。"总长飞快地开出价码。

"谢谢。"马力七十五点点头，"新闻发布会现场，我会打电话给瑞士金融银行的保密顾问，确认钱是不是到账。"

"你这是不相信我。"总长微微有些不快。

"对不起，总长，你应该理解这点，干我们这一行，不能相信任何口头承诺。"

"好吧，你说得对。"总长坐下来，十指交错，"我们认识很久了，一直合作很愉快。钱我会确保到账，但是我需要知道这钱的用途。"

"我认识一个女孩子，这钱是给她的。"

"女孩子？你不是开玩笑？所有的AAA级探员都经过记忆清洗，不会记得任何关于私人的秘密。"

"是的，但是我还记得。"

"哦。"总长挤出额头的皱纹。这是一个重大失误，一个AAA级探员，从事秘密警察长达二十年的高级警探，居然宣称还记得一个女子。他无法相信这样的事。但是马力七十五就站在眼前，亲口说出这样的话，这是重大的纪律问题。不过这样也好，马力七十五注定会全力以赴。

"好吧，"总长最后说，"既然这样，我不多问，钱会到账。你会成为我们的英雄，对吗？"

"我明白。"马力七十五点点头。

永别了，我的世界！马力七十五内心默念。台面上，总统站在他的左边，对着台下展露标志性的笑容；空间安全委员会总长站在他右边，军服

188

笔挺，神色严肃。台下热烈的欢呼声此起彼伏，总长安排的几个托恰到好处地掀起了人们对马力七十五献身精神的无比崇敬，他们热烈地呼叫着马力七十五的名字，用各种赞美来描述他。

总长兑现了他的承诺，三百万已经在账户里。钱进了瑞士金融银行，除了约定的身份认证，没有任何办法取出。

马力七十五举手让大家安静。

偌大的会场很快沉静下来。

"我……"马力七十五清清嗓子，"我知道卡洛特，他很聪明、狡猾，使用各种手段窃取大量的财产。"现场响起一阵议论，马力七十五不得不提高声音，"但是，正义的力量更强大，我们掌握所有的犯罪证据，提起公诉，并且挽回了所有能够挽回的损失。他被缺席审判为无期徒刑。现在要做的唯一一件事就是把他绳之以法，这正是我要做的。

"我将跟踪他的轨道痕迹，进入时间螺旋区，在他自以为摆脱了法律的时刻出现在他面前，控诉他，逮捕他。

"任何人，任何人，只要他犯了罪，就要受到法律的惩罚，绝无例外。"

现场响起猛烈的掌声。

"请问，马力先生，据说卡洛特逃到了三百年后，我们连三百年后的地球是什么样子都不知道，怎么保证对他的裁决一定会得到执行？"有人在人群中问。

"是的，我们不知道三百年后的地球会怎么样，但是，马力七十五会知道，不管那世界是怎么样的，马力七十五都会找到卡洛特，把他绳之以法。"总长接过了这个问题，"卡洛特已经跑了，对这个世界，他再

也没有任何影响，但是我们不能放过他，马力七十五会代表正义对他执行判决。"

"太空泛了，你永远不可能监禁他，你没办法阻止他逃跑。"还是那个声音。

马力七十五循声望去，他看见一个亭亭玉立的身影，白色套装，头发盘成高高的发髻。虽然隔得很远，他还是看见发髻上晶莹的钗子，仿佛紫色的水晶，这样的发饰不多见。她讥讽似的盯着马力，似乎在向他挑战。

"我会找到办法。我可以用一艘飞船把他终生流放，或者请那时的政府协助，把他监禁。办法有很多，你完全可以相信我。"

总统接过话头："这位女士，我们的司法部门已经达成一致意见，对于这种试图通过时间螺旋来逃避法律制裁的行为，政府将保留追诉权，对他的控诉永远不会过期，哪怕是三百年以后。只要马力警探追踪他，找到他，他就必须接受法律制裁。另外，时空机器的使用将受到政府的严格监控，除了政府特许机构，任何机构不得从事相关研究和试验。这将有效地防范类似事件再次发生。"

总统话音刚落，半空中传来嘶嘶的声响，全场变得很安静。

时刻到了。在巨大的电磁扭力作用下，时间螺旋区已经形成。苍穹上仿佛打开一道深黑的口子，深不见底。双子星号正以反重力姿态悬停在深渊边缘。

"通道已经打开，马力警探即将出发去完成他的伟大使命。"总统带头鼓起掌来。在热烈的掌声中，马力七十五走过红地毯，走向穿梭机。他在登机舷梯上回过头，向着人群挥挥手。

穿梭机飞升起来，它向着双子星号靠拢，最后对接在一起。一刻钟之

后，穿梭机脱离。

双子星号静静地等待着最后的信号。深空研究所的专家们正紧张地核对轨迹，确保马力七十五能够跟上卡洛特而不是去到一个错误的时空。

人们看见双子星发出炫目的红光，整个飞船仿佛化作一道光射入黑色深渊中，黑色深渊顷刻间消失。

三百二十四年又七个月三天三小时四十五分。仪器上显示这样的时间，双子星号把马力七十五带到了三百多年后的空间。

仿佛任何事都没有发生过，马力七十五没有感觉到任何异样。

很快，他意识到自己正面临严峻的考验——他已经不在地球上了。空旷的宇宙空间，这就是双子星的处境。马力七十五找到了太阳，太阳仿佛一个小小的光斑，在远方闪耀。这里甚至不是地球轨道，他距离太阳七十四亿公里。在一瞬间，马力七十五死了心。这不是他能够执行任务的地方。按照这样的距离，双子星需要三十年的时间才能抵达地球，那个时候，他早就成了干瘪的尸体，这是纯粹的送死。

但是他很快找到了目标。卡洛特的飞船，奥德赛号，就在不远的地方，距离七十七万公里。深空研究所的专家在这一点上没有让人失望，他们不知道会把马力七十五抛到什么地方去，但是他们知道马力七十五一定在卡洛特附近。当然马力七十五并没有主动发现卡洛特，而是卡洛特发现了他。他正向马力七十五发送信号，马力七十五接受了通信请求。

"哈。我的老朋友，很高兴又见到你。"屏幕上卡洛特的样子很乐观。

"卡洛特，你的判决已经下达。我奉命来逮捕你。"

"别开玩笑了。这里什么都没有，除了你和我。你不可能逮捕我。"

191

卡洛特得意地眨眨眼。

"我会抓到你的。"马力七十五面无表情。

"好吧，欢迎进行一次冥王星大追捕。"卡洛特耸耸肩，做出一个无可奈何的表情，"来吧，我等着你。"

虽然这行为看起来好像很蠢，马力七十五还是指令飞船向奥德赛靠拢，除此之外他无事可做。

卡洛特没有说错，他们的确在冥王星轨道附近，而且是在这个著名矮行星椭圆轨道的远端，此刻，冥王星正在轨道的另一端，需要过一百多年才会来到这儿，所以此刻没有任何热闹可看。

马力七十五收到一些微弱的广播信号，隐隐约约，似乎是一场战争。然后，他了解到一队飞船正在飞向冥王星。他们计划在这个星球上建立基地，建造核电站，供给下一个太阳系外的探险计划。当然，他们还需要十多年才能抵达。然后再有七八十年的时间，才能到达马力七十五的位置。

七十七万公里的旅程需要耗时三天，很无聊。马力七十五除了吃，就是睡。卡洛特也没有再找过他。然而奥德赛号一直停留在那里，等着马力。远离太阳的空间辐射并不强烈，马力七十五打开了舷窗，直接用肉眼观察这个世界。每一颗星星都很明亮，璀璨满天，比地球上最壮观的星空还要壮观一万倍。太阳的光亮却很柔弱，仿佛蜡烛的灯火。他望向奥德赛号的方向，一团漆黑，奥德赛号隐藏在黑暗中。

我会死在这里，让双子星把尸体带回地球，马力七十五想。至少，那些地球上的人们会发现他，通过双子星的记录，他们会了解到他忠诚地履行了自己的职责。是的，他会留下遗言，让那些发现他的人们把他带回新都市城安葬。那里是他出发的地方，也应该是他的归宿。

一阵信号打断了马力七十五的胡思乱想，卡洛特再次找上门来。

"反正我也很无聊。你还有一会儿才能到，不如我们聊聊天。"他开门见山。

马力七十五不置可否。

"你为什么要追来呢？你永远不能回溯时间，你会失去一切。"

"从来没有一个罪犯从我手里逃走。"

"原来是崇高的职业精神。"

"不，是正义。"

"正义？你代表正义？"卡洛特做出夸张的表情，仿佛非常惊讶。

马力七十五不动声色。

卡洛特的表情放松下来："好吧，你太缺乏幽默细胞了。正义先生，从五年前开始，我每年资助超过六千名困难学生，让成千上万的流浪儿得到温暖的家，赈济了无数灾民，捐助两个最前沿也最接近关门的实验室，就连宇航局的大门上都刻着我的名字，因为没有我，他们就缺少足够的资金把大批的人送到火星去……你肯定已经清点过我犯下多少罪行，但是如果你清点一下我带给人们的好处，这个清单会比你手头上的那个长得多……"卡洛特仿佛连珠炮般滔滔不绝，马力七十五只是听着。

终于卡洛特停了下来，静静地望着马力七十五。马力七十五同样望着他。

终于卡洛特开口了："你认为我说得对吗？"

"你是贼，我是警察。"马力七十五说。

"哈哈哈哈哈……"卡洛特狂笑起来，"贼……哈哈哈哈哈……"他笑得上气不接下气。

卡洛特终于缓过劲来，说："我们还有六千公里的距离，这不算太远，你很快就能追上我。一旦你追上我，你打算怎么做？"

"想办法抓住你。"

"这么说我最好还是小心点。"卡洛特一本正经地说，"我要逃了。"

"我会跟着你。"

"小心点，别跟丢了。"卡洛特露出一丝不怀好意的笑。突然间，图像消失，紧接着，奥德赛号的信号也失去踪影。

马力七十五在一瞬间明白过来——卡洛特再次进行了跳跃。

这不可能！没有深空研究所的那些专家打开时间螺旋，飞船无法穿越时光。马力七十五感到一阵惶恐。

问题很快解决了。双子星号收到了来自奥德赛最后的信息，信息中包括单船跳跃手册，这本手册马力七十五从来没有见到过。根据双子星号主机的验证，完全可行。另外，还有一组跳跃参数，根据这些参数，双子星号可以去到另一个时空——谁也不知道卡洛特是不是真的等在那儿，还是设计了一个骗局。

马力七十五命令双子星号根据参数进行单船跳跃。

别无选择，马力七十五遗憾地想。他望了望太阳，太阳就像一点烛光，暗淡无光。转眼间，这光亮消失掉。仪器上的时间变成了三千六百七十七年又八个月四天八小时八分。

这一次的情况更糟糕，马力七十五完全不知道自己身在何处。星星有很多，但是没有太阳。双子星号脱离了太阳系，迷失在群星中。

卡洛特没有骗人，他的确也在这里，距离只有两万公里。

"哈，正义马力，你居然花了三个小时才搞定。我是不是有些高估你了？"

"为什么要到这里来？"

"没什么，我只是逃跑，逃跑哪能顾得上想清楚为什么。"

马力七十五有一种被愚弄的感觉。卡洛特可以轻而易举地摆脱他，却还是让他跟到这里。

"飞船怎么能进行单船跳跃？"

"设计如此。很高兴它能正常工作，否则我们就直接去见上帝了。"

"我们在哪里？"

"谁知道呢！这件事要怪你，如果不是你逼我，我也不用匆匆忙忙出发。至少我可以等到目标定位比较准确一点。"

"什么意思？"

"这飞船能够精确地控制时间，但是没法控制地点，跨越时间越长，误差越大，现在谁都不知道我们在什么地方。"

"那就是说你给自己选择了死路？"

"死路？说得不错，我肯定是会死的。这样的死法比较浪漫，所以我来了。问题是你为什么要跟来，难道他们没告诉你这是死路？"

马力七十五没有应声，他们当然知道这个，只不过他们更需要一个勇敢的英雄。马力七十五心存侥幸，也许事情不会那么糟糕。然而事实已经告诉他，这就是死路。

"我说过，我来抓你。"

"好吧，正义先生。我可是经过慎重考虑才这么做的，虽然空间定位不准，但是它可以帮助我不断跨越时间，当然最好能在地球上。可是我想

过，几百、几千、几万年以后，地球只是一个小地方，我随便落在银河的哪个角落都可以。人真是奇怪，你们想把我关到监狱里去，限制我的自由，现在我自己踏上死路，你们却一定要派个人跟着来。这样也好，至少有人可以和我分享这最后的旅行。"

"你到底想做什么？"

"我想旅行到世界末日。"卡洛特哈哈大笑，"我知道你在查我，如果我愿意，只要打几个电话，你就没办法查得下去，甚至更糟糕，你明白我的意思。但是我没兴趣为难你，于是跑了，但是没想到你居然喜欢为难自己，跟着我来了。"

双子星号继续靠近奥德赛。马力七十五发现有两个物体正靠近奥德赛，他想了想，决定暂时不告诉卡洛特。他继续和卡洛特谈话，关于这个案子，的确有些地方仍旧模糊，他也想弄明白。

"你有很多眼线。"

"是的。"卡洛特很坦白，"你很想聊聊这些，是吗？"

"随便你。"

"现在我们两个相依为命，这些往事——这些三千多年前的往事也无所谓，我就告诉你好了。捡最重要的说，你的起诉书里最大的罪名是盗用一万零七百六十五个亿的资金，并利用非法手段从共同基金转移到个人账户。这七百六十五个亿我送给政府了，每一笔钱都有一个明确的记录，每一笔钱的接受者对那个神秘的捐款人都异常感激，他们非常乐意提供某些方便。所以，就像你所说的，如果愿意，我可以有很多眼线。"

"你在贿赂政府。"马力七十五对此早有预料，只是他一直没有找到明确的证据，他希望卡洛特归案之后，能够找到更多的线索，没料到卡洛

特却选择了这种史无前例的逃跑方式。

"哦。我只是把钱从一个人的口袋转移到大众福利上去。如果不能兑现财富，钱也就没什么用。我只是让它发挥自己应该有的功能而已。"

卡洛特用奇怪的理论来为自己辩护，说起来仿佛头头是道。是的，共同基金太庞大了，按照市值计算，它可以买下整个地球上的所有产业，包括六十五亿人口——假设平均一个人价值三百万。这庞大的基金被不超过三千人拥有。

卡洛特眨眨眼："你知道为什么我给政府好处，秘密警察却要追查我，起诉我？"

"为什么？"

"因为共同基金养着你们。那些穷得叮当响的政府机构当然也拿钱，但是不多，也就够混口饭吃，所以他们从我这里拿到天文数字的钱高兴得不得了。但是对秘密警察，我甚至没办法把钱给出去，他们对此严加防范。"

突然间，卡洛特的图像抖动起来，两个小点加速同他靠拢。

"怎么回事？"卡洛特有些吃惊，但没有慌乱。

"有两艘飞船正向你靠拢，可能你是他们的猎物。"马力七十五平静地说。

"真的？"卡洛特扬了扬眉毛。

马力七十五点点头，信号变得一片混乱，很快中断，然而马力七十五还是听清了卡洛特最后一句话："它们也在向你靠拢。"

卡洛特没有胡说，双子星号完全不能动弹。

马力七十五第一次近距离看到卡洛特。他的脸型尖瘦，眉毛浓黑，眼

睛的轮廓很大，胡子很浓密，典型的络腮胡。他和马力七十五对视着，看上去并没有什么威胁，但是马力七十五提醒自己，就是这个人制造了有史以来最大的窃案，他是最狡猾、最无耻、最危险的罪犯。

一道舱门把他们俩封闭起来。这里空间狭小，他们不得不脸对脸坐着，相距不过半米。

"我这辈子第一次成了囚犯。我想你也是。"

马力七十五没有应声。

"虽然我们彼此讨厌，但是此刻没必要相互对抗，我们有共同的敌人。你不会想这个时候把我捉拿归案吧？"

"你是贼，我是警察。但现在我们都是囚犯。"

"这样就好，至少你还有点明白事理。"卡洛特伸一个懒腰，他的头碰到了天花板，"真是见鬼，这地方不适合生存。"

突然眼前一亮，门打开。两个人站在卡洛特和马力七十五面前。

他们身材矮小，几乎只有正常人的一半，头大身子小，看起来像是孩子。

"你跟我们来。"其中一个示意马力七十五。他们居然说地球语。

马力在忐忑不安中弓着身子钻出门去。他站直身体，几乎能顶到天花板。门迅速关上。

"跟着我走。"一个矮人说完在前边领路，马力七十五顺从地跟着他，另一个矮人在后边看着他。

他们顺着走道走了将近十多米远，然后转入一条更宽敞的通道，一直走到底，是一扇舱门。一路上很单调，除了金属，就是发出微弱蓝色光线的线状体。马力七十五能听见自己的脚步声，却听不到两个矮人的任何动静。他们仿佛轻巧的猫，走起路来悄无声息。

矮人打开舱门。那么一刹那，马力七十五从内心发出由衷的赞叹。浑圆的穹顶发出柔和而敞亮的光，延伸出上千米远，几乎望不到尽头。无尽的天穹下，到处是碧绿的草地和各式各样的漂亮建筑，间或有成片的森林。许多矮人在草地上玩耍，追逐嬉闹，甚至还有人在放风筝。马力七十五仿佛回到了新都会的中央公园。

"快下来。"一个矮人催促他。舱门打开在半空中，一道梯子沿着舱壁通向地面。马力七十五再看了一眼眼前的景象，跟着矮人下了楼梯。他们进入地下。

"地下"完全是另一番景象，很暗，只有几处灯光。其中一处聚集着许多人，似乎正在举行会议。

马力七十五来到这群人面前。他们有三十七个人，都坐在宽大的扶手椅上，大致排列成半圆形。马力七十五就是那个圆心。马力七十五对这样的阵势很熟悉，秘密警察的法庭通常都是这样的布置，据说这样的布置能够让犯人从潜意识里放弃抵抗。他注意到正中央的那个人，毫无疑问，那就是最重要的人物。他不仅有一个比其他人更大的头颅，也有一个庞大的身躯，马力七十五估计他的体型是其他人的两倍以上。

"原人八八九号，马力七十五，秘密警察。为了缉拿逃犯卡洛特·修进入时空隧道。这是第一次有目的的空间跳跃，被看作对于罪犯空间逃逸的严正否定。在跳跃当日被授予紫金勋章，后来收入标准百科全书，被追认为人民英雄，冥王星轨道六百五十七号纪念石。"左边的一个矮人起身，说了一段话。

"你说什么？纪念石？那是什么？"马力七十五问。

　　"原人，请不要打断陈述。如果你有疑问，我们可以在最后解答。"正中央的大人物这样回复马力七十五。

　　"他在历史上的最后时刻是新纪元前一千六百五十四年，距今三千六百七十四年。作为一个影响广泛的原人，他拥有大量的拥趸，许多独立太空船都以马力七十五命名……"陈述人滔滔不绝，马力七十五惊疑不定地听着，这些他所不知道的历史听起来很有趣，也很难想象——我是一个历史人物。马力七十五感到这简直像个童话。

　　突然大人物的一句话震惊了他："看起来我们找到一个大人物，可惜他还活着。"

　　马力七十五警惕地盯着大人物："你想我死掉？为什么？"

　　"别紧张，原人。我来介绍一下我们，我们是搜寻者。搜集一切人类遗失在宇宙里的东西，飞船、飞行器、太空城，当然还有原人。当然我们并不期望搜集活着的原人，通常情况下，我们所见的都是尸体。一旦验证身份，我们就可以获得属于他的财产，这就是我们最主要的收入来源。但是如果原人还活着，那么他当然拥有自己的财产，而我们就得不到。你是我们第一次碰到活着的原人。"

　　马力七十五更加紧张："那么你打算杀死我？"

　　"杀死你？为什么？"大人物感到有些奇怪。

　　马力七十五耸耸肩。

　　"你是说杀死你，然后我们冒充获得你的财产？这是多么邪恶的想法。"大人物哈哈大笑起来，"据说原人都有自私、邪恶的心理，看起来是真的。你们彼此残杀吗？"他很好奇地看着马力七十五。

　　马力七十五不知道怎样回答这样的幼稚问题。这算是进化还是退化？

但他们并不打算杀死他，这无论如何是个好消息。

"不。"最后他说，"我们只把罪犯缉捕归案。"

"罪犯。是的，你的记录里边有这样的说法，你是为了一个叫卡洛特的罪犯才进入时空螺旋。这么说那个和你在一起的原人就是卡洛特。"

马力七十五没有回应，这些人能认出他，却不认识卡洛特。看起来时间最喜欢给人开玩笑，曾经最风光的人默默无闻，而曾经不名一文的却成了光荣的历史人物，名字被刻在石头上，绕着太阳旋转，直到永恒。

"如果你不愿意回答，没关系。我们检查了基因数据库，没有这个人的资料，他对我们毫无价值。"

"你们会怎么处置他？"

"处置？照理说我们应该向你们道歉才对，但是搜寻者从不道歉。你们的飞船会被恢复原状，你们会回到飞船上。之所以请你到这里，因为另有一个小小的问题。"

大人物看着马力七十三："中央数据库显示在你的名下拥有大量财产，如果没有你的身份确认，这些财产将一直沉淀。如果要取出财产，需要去诺伊斯五号星通过身份鉴定。鉴于你的飞船根本不可能飞向诺伊斯五号，我们给你提供一个方案：我们会带你过去并帮你完成整个过程，但是你必须把财产的一半给我们。这是一笔巨额财产。"

"巨额财产？有多少？"

"至少可以让我们的人十年间衣食无忧。"

"我怎么会有这笔钱？"

"这不是我们关心的事。可能很久之前，你留下了一笔钱，或者是某个机构给你的捐助，或者某个人擅作主张，把你的钱进行投资结果得到了

上帝保佑。三千多年过去了，什么可能性都有。现实状态就是你拥有这笔钱，而我们能帮你取出来。"

马力七十五终于明白了这些人想做什么。尽管事情有些出人意料，这不算什么坏事，而且看起来这些人都是君子，正派得让人不敢相信。

"让我考虑一下。"

大人物点点头："好的，你可以有三天时间考虑。"

"和我在一起的那个人，你们还会把我们关在一起？"

"他的飞船将在十六个小时内清理完毕，他会回到飞船上。"

"能留下他和我在一起吗？"

"不，我们没法长时间限制人身自由，这违反星际航行法。如果他自愿留下，那是另一回事。但是我们并不喜欢原人巨大的躯体，这让我们很为难。"

"如果我付钱呢？"

大人物第一次皱起眉头，"交易不能涉及人身，人身自由只能在必要情况下进行限制。对于你的想法，我们不欢迎。"

"好吧，对不起。"马力七十五说。

他被送回了囚室。

卡洛特几乎在狂笑。过了很久一段时间，他才能停下来："这真是我见过最荒诞的事。"

他突然间变得一本正经："不过，说真的，你打算怎么处理你的财产？"

"我还在考虑。"

"你有足够的时间考虑。这倒是很不错的买卖，你追踪我到了三千年

202

以后，变成一个富翁，享受未来的豪华生活。"

"我是来追捕你的。"

"是的，不过很快就不是了。"卡洛特笑眯眯地看着马力七十五，"你知道我有多悲惨，不名一文，没有亲人，没有朋友，没有钱，就连这些捡垃圾的都不拿我当回事。我给自己判了无限期流放，注定在卑微和孤独中带着悔恨死去，这还不够吗？"

马力七十五看着他笑眯眯的脸："别耍花招，我一定会逮捕你。"

卡洛特收起笑容："说真的，你可以选择跟这些侏儒一起走。明天他们放了我，我就会继续向前，沿着时间之河顺流而下。前边什么都没有，你可以预计到这点。所以，是时候选择回头了。对，你没法回头，既然跟到了这里，那就停下吧。"

马力七十五没有回答他，沉默了半晌，他突然问："你为什么这么做？"

卡洛特已经躺在床上假装入睡，听到这个问题他睁开眼睛，直直地盯着天花板："这个问题我已经告诉你了，我想旅行到宇宙的尽头。"

"为什么呢？"

"这难道不是一次壮举吗？"卡洛特反问。

"壮举？你就是这么定义你的行为？"

"当然，你可以定义这个为疯狂、逃跑、犯罪。但对我来说这是壮举。"

"这么说你的罪行当然也是壮举。"

"是的。"卡洛特干脆利落地回答，他起身坐着，"'他人即是地狱'，你听过这句话吗？我一定是你的地狱，不过我也是很多人的

天堂。"

"天堂？"

"嗯，做到想要做到的事，达成心愿。没有我，你不可能飞到这里来，这种时空飞船根本不可能被开发出来。你回去可以在双子星号的主机上输入这个问题：谁是上帝？你会得到一个确定答案：西莫夫。他赞助了所有研究活动，并且没有任何附加条件。当然作为一点回报，他们很愿意满足我的心愿：成为第一个试验者。"

西莫夫是卡洛特的一个化名，马力七十五掌握这一点，他冷冷地讽刺："这么说你并不是策划逃跑，而是在帮助科学试验。"

卡洛特作出一个无可奈何的表情："他人即是地狱，我希望你理解了这句话。到此为止吧，很遗憾把你卷进来。不过，这样的结局也不算最糟糕。"

卡洛特躺倒就睡，这一次他真的睡着了，发出均匀而细微的鼾声。

马力七十五辗转反侧，他不知道是不是应该到此为止。富豪的生活他从未尝试，也许他应该放松自己，去享受一下未来。

卡洛特被送上奥德赛号。马力七十五跟着他。

"好了，到此为止。"卡洛特站在舱门边，"很高兴你陪了我一程。接下来，我要独自逃亡了。"他眨眨眼，"好好享受生活吧。"

他挥挥手，走进去，马力七十五喊住他："卡洛特，我会履行职责。"

卡洛特停下脚步，转过身，露出一个微笑，突然他的眼神凝结在马力七十五身后，那里有某样东西攫取了他的注意力。

马力七十五回过身，那是一个巨大的屏幕，屏幕上是星图。星空璀

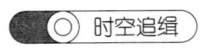

璨，耀眼夺目。

"嗨，小个子，你能告诉我哪个是太阳吗？"

负责引导他们的矮人摇摇头："我不认识星图，不过，这里是初始探索区，距离太阳应该不远。"

"真遗憾。不过看来我还没离家太远。"他看着马力七十五说，"马上就要远远离开了。"说完他走进奥德赛号。舱门关上。

马力七十五转头看着矮人："送我上船吧，谢谢！"

另一个舱门打开，这是双子星号。马力七十五走进飞船。

两艘控制船挟持着奥德赛号。它们飞出很远，直到母船成了小小的光点。它们放松控制，然后掉头飞向母船。奥德赛号主机开始运作，恢复控制系统。卡洛特坐在控制台前，沉静地看着屏幕。

很快，奥德赛号报告了消息：双子星号，平行飞行，距离三千公里。

"好吧，朋友，欢迎继续。"当马力七十五的头像出现在屏幕上，卡洛特如此说。

"我会找到办法把你绳之以法。"

"如果你坚持。你的财产怎么样了？"

"我送给他们了。"

"送了？不错。怪不得那些矮个子在飞船里添了好些东西。你签署了一份声明？"

"我签了一份文件，然后留下一根头发，两滴血，还有一段录像。"

"听着好像很原始。你打听到财产是怎么来的吗？"

"需要DNA验证的，只能来自瑞士金融银行。不管这财产最后怎么变戏法，最早的时候，它是瑞士金融银行的一笔钱。我只在那儿存过一笔钱。"

"哦。看来发财的最好办法是存一笔钱，然后到三千年后去花。"

"也可能一无所有。"

"就像我现在这样？"

"你的户头里从来没有钱。"

"对了，既然你存了钱，总有些目的，回溯时间是不可能的。所以，这些钱不是给你自己的，那是给谁的？"

"这是一个私人问题。"

"拜托了，这里就我们两个人，不会有什么狗仔队，也没有报纸杂志，你完全可以告诉我。"

马力七十五没有回答。

"嗯，其实你不说我也能猜，那是一个女人，对不对？"卡洛特突然大笑起来，"我明白了。你是害怕，你怕违反秘密警察的纪律，所以就跟着我来。"

"我来缉捕你归案。"

"别不好意思，警察也是人。我替你唾弃灭绝人性的秘密警察制度。你们其实完全不用搞记忆消除，消除了回忆，人活着又有什么意思。哦，你的真名不应该叫马力七十五，你叫什么？"

马力七十五感到心脏剧烈地一跳。马万里——那个女人是这样喊他的，据说这是他的真名。

"卡洛特，我需要休息一下。打算逃跑的时候告诉我。"马力七十五说完关闭了通讯。

他闭上眼睛。这个任务本身就很荒谬，现在它变得更加荒谬。追捕者要求被追捕者提供讯息，这算什么？

不管怎么样，游戏要继续下去。只要他活着，就不能放弃承诺。

卡洛特居然把时间向前推进了三十万年。这件事更让人意外——双子星号居然比奥德赛号先到。

这是一件意料之中的事。三十万年，这比整个人类文明史还要长十倍。空间和时间的乘积是一个测不准值，对于奥德赛号和双子星号这样的小飞船来说，尤其如此。当跨越的时间长度只是三百年、三千年，误差不过几分钟、几小时，当时间跨过三十万年，误差以让人惊讶的方式累积起来。结果奥德赛号先一个小时跳跃，当它抵达的时刻，双子星号已经等待了整整六天。

六天的时间里，马力七十五什么都没有做，除了回忆。他想起自己的职业生涯，一个个臭名昭著的罪犯在他手中落网；他想起喊她马万里的女人，他不认识她，然而却有一种异样的熟悉感，以至于完全慌乱了手脚，落荒而逃，生怕和她多说一句话；事后，他偷偷地了解她，躲在暗处窥探她，然而，作为秘密警察，他不能做任何事，哪怕试图想起和这个女人相关的往事，他相信那一定很美好，但他完全不记得；他想起卡洛特，这是最大的一条鱼，和他相比，之前所有的案子全都是小打小闹，他也是最狡猾、最神通广大的鱼，就在收网的前夕，居然用这种谁也预料不到的方式跑了……时间显得非常漫长，当他回忆这些往事，时间却又显得非常短促。他远离人群，独自一人，唯有群星相伴。在这样的沉静中，回忆中的一切仿佛只是一张相片，可以一眼望到底。既熟悉，又陌生，既亲切，又隔阂，时间无情地带走一切，然而一切又有什么意义？

当卡洛特再次见到马力七十五，他惊讶地叫起来："哦，你是在绝食吗？"

屏幕上马力七十五形销骨立，瘦得不成人形。

"卡洛特，你还要逃跑吗？"

"那当然，你听说过不跑的贼吗？而且还有你这样忠心耿耿的警察跟着。"

"我放弃了。你走吧。"

"放弃？你一定是在开玩笑。你是天底下最聪明、最坚定、最忠勇的警察。如果你放弃了，这个世界一定完蛋了。"

"卡洛特，也许我应该谢谢你，如果不是你把我带到这里，可能我一辈子也没有机会安静地思考。这里真安静，一个人也没有，仿佛自己就是宇宙中唯一的存在。"

"别说得好像临终遗言一样。我们还没完呢。"

马力七十五微微一笑，关闭了通讯。

卡洛特急急地呼叫双子星号，然而毫无反应。

卡洛特准备先休息一下，奥德赛号正在进行安全检测——这是卡洛特对上一次意外的补救措施，他不允许这种情况再次发生。奥德赛号给出一个警告，卡洛特看了一眼，马上再次联系马力七十五。马力七十五拒绝联系。

一个飞行物正在靠近双子星号，那是一条不断修正的轨道，卡洛特相信那肯定是一个智能体，如果马力七十五不能得到警告，那么一切就晚了。

没有时间了！卡洛特命令奥德赛号向双子星号靠拢。

马力七十五在坐以待毙。警告不断重复，双子星号要求马力七十五下达指令。来自奥德赛的通讯请求也不断重复。一切都显得紧张而急迫，马

力七十五却像是风暴眼，保持着平静。

他不慌不忙地看着屏幕上节节逼近的小点。这个飞行器来的速度很快，达到三千公里每秒。双子星的速度最高只能达到三百公里每秒——这需要长达一个月的加速。再有三十分钟，这个不速之客就会和双子星号迎头碰上，跑是跑不掉的。

奥德赛号正在努力靠拢过来。卡洛特不断地请求通讯。

马力七十五终于接受了请求。

"感谢上帝，你终于活过来了。"卡洛特见到马力七十五，马上双手合十，大声赞美上帝，尽管他根本不是信徒。

"卡洛特，什么事？"

"有访客，看样子并不友好。"

"是的，我看见了。"

"难道不打算逃跑？"

"没有必要逃，再说也逃不掉，它的速度是双子星号的十倍。"

"我们可以向前跳，时间就是最好的屏障。它可不会发疯跟着我们来。"

马力七十五短暂地沉默，然后说："卡洛特，你走吧。不用担心我。"

"废话！我不会放弃你自己跑掉的。马上做好准备，我们一起弹跳。"

"你和我又有什么关系？我只是来追捕你的警察。很遗憾我冒失地闯进你的计划，现在是时候离开了。你可以继续。"

"别犯傻了。这里是什么地方？三十万年后的世界，那些侏儒已经和

我们大不一样，三十万年，就算那玩意儿是人，或者是机器人，那也绝对和我们不一样。你不可能有上次的好运气。它们可能杀死你，可能把你当作标本，或者让你活着，就像动物园的猩猩一样，或者拿你做活体解剖。别把命运寄托在它的好心上。"

"这没什么大不了的。我也很乐意看看三十万年后的智慧生命是什么样。"

"我们必须跑。"卡洛特很严肃地盯着马力七十五，和之前的样子判若两人。虽然隔着屏幕，马力还是感觉到一种坚硬的决心。也许这才是卡洛特的真面目。

"再见，卡洛特。"马力七十五结束了谈话。

奥德赛号继续向着双子星号靠拢。

不明飞行物进入减速，试图和双子星号同步。它显然也注意到正在赶来的奥德赛号。奥德赛接收到一种有节律的信号，却没人明白那是什么意思。

突然间强烈的光照亮了奥德赛号，不明飞行物进行攻击。红色警报在一瞬间充满整个空间，卡洛特被自动机器牢牢地捆绑在椅子上。奥德赛号进入紧急模式。

"外层侵蚀，装甲削弱17%。飞船密封性，良好，微量泄漏，快速修补完毕。引擎工作，正常。所有功能模组，71%检测完毕，运行正常……"

奥德赛号报告关于这次攻击的情况。奥德赛号不是为了战斗而设计的飞船，敌人的攻击也并不猛烈。然而，谁也不知道接下来会发生什么。

不明飞行物很快逼近双子星号，在距离双子星号不到六百米远处慢下来，保持相对静止。奥德赛号也进入同步阶段，距离双子星号两千米。马力七十五没有发出任何信号。不明飞行物出现一些异样，两个物体脱离了飞船，向着双子星号飞过去。速度不快，不像是武器。卡洛特看清了屏幕上的影像，那是一个类似八脚章鱼的东西，看上去很柔软，前边对称地分布着两只眼。突然间，它的身体猛地抽搐，一股气流喷出，推动它转变方向。当身体再次舒展，它已经稳当地吸附在双子星号的船壁上，八条触手均匀地展开，就像一个八角的海星。这真是一次漂亮的着陆。

"卡洛特。"马力七十五的影像跳了出来。

卡洛特看着他："准备好逃跑了吗？"

"它们来了两个，正试图打破船体钻进来，双子星号损毁严重。可能还有十五分钟，它们就能突破船壁。你是对的，它们不是人，也并不友好。"

"一旦密封被打破，没有任何生还的希望。"

"是的。所以向你告别。"

"永远不要放弃。现在，向前弹跳。"卡洛特认真地说。马力七十五感觉到一阵强烈的威压，让他不由自主想按照卡洛特说的去做，但是他还是控制住自己，"我不做徒劳的抵抗。你赶紧逃跑吧，祝你好运！"

"现在，启动弹跳。"卡洛特说完，关闭了通讯。双子星号收到轨道参数，询问马力七十五。马力七十五注意到奥德赛号改变了轨道，它正向着不明飞行物冲过去。

马力七十五的头脑中尽是卡洛特下达命令的神情，最后，他命令双子星号执行弹跳。

在弹跳之前，他看到奥德赛号被强光笼罩。一束激光从奥德赛号的尖顶上发射出来。突然之间，不明飞行物散开，分裂成大大小小许多碎片。

一切变成黑暗。

仪表盘上的数字永久性地静止在"0000000"。四周很黑，连星星也难觅踪影。

"我们到了什么地方？这是什么时间？"

"位置不明。按照弹跳坐标，理论上应该向前跳跃了六百万年。"

六百万年！这一定是疯了。

没有奥德赛号的踪迹。马力七十五决定等着卡洛特。上一次他迟到了六天，这一次他什么时候会来？

卡洛特没有来。

九天的时间，马力七十五吃掉了所有的储备。

他饿得头昏眼花，开始食用那些小矮人放在船里的东西。牙膏状的食品味道独特，很难吃，却很管饱。

他吃了三个月的牙膏，习惯了那种难闻的味道，甚至觉得那东西很享受。

卡洛特还没有来。

牙膏还能再吃几个月。卡洛特不会来了。

双子星号远远地跑出了银河系，落在荒凉的星际真空地带。在这里，肉眼看不到几颗星星，永远也不会有智慧生命来拜访，不管是敌人还是朋友。只有迷途的船，被永远地困在这里。

卡洛特又在哪里？

也许误差太大，他们已经永远地失之交臂。这是好事。一个荒谬绝顶的任务，有一个不落俗套的结局。

马力七十五望着窗外。他已经无数次这样眺望，每一次只能看见无尽

的黑暗。这是没有任何希望的地方。哪怕时间过去了六百万年，丝毫不见人类的踪迹。新都会？冥王星？太空船？那些曾经存在过的东西，也许此刻仍旧存在，然而它们都在哪里？宇宙就像这无穷尽的黑暗，而那些曾经存在的东西，就连最黯淡的星光也比不上。

马力七十五考虑了好几种办法来结束自己的生命。他想过用电，想过打开舱门，让自己飘进太空，想过咬断舌头……最后他什么都没有做。

他想起卡洛特。旅行到世界末日，这是不是一种很伟大的壮举？

双子星号没别的能耐，但是时间旅行就是它被设计出来的目的。

把生命继续浪费在这里毫无意义，马力七十五决定上路。卡洛特可能死了，也可能活着，只要他活着，他就会不断向前。也许，唯一能够再次遇到他的地方就是在世界末日。

在所有的牙膏被吃完之前，希望时间之路已经走到尽头。

马力七十五驱动双子星号向前跳跃。

他就像一个在无尽沙漠中赶路的人，看不见的边际永远在前方。

弹跳，弹跳，弹跳……时间和空间失去了意义，对于马力七十五，它们是无可逾越的墙。黑暗空间，永无休止，把一切希望碾压得粉碎。唯一支撑马力七十五的动力是信念。向前，向前，向前……

黑暗中的星星从不闪烁，却也黯淡无光。一次次的弹跳，它们一次次变换位置，排列成不同的星图，有新的星星诞生，也有的会更亮一些，然而最终它们都消失到黑暗中去。

终于，马力七十五发现无法找到哪怕一颗星星。

"现在是什么时候？"

"一百七十五亿年。"

一百七十五亿年？这是一个接近永恒的时间。马力七十五没有想到他居然跑出了这么远。在他模糊的知识里，太阳能够燃烧一百亿年，此刻，太阳早已暗淡无光。银河呢？银河是不是也同样？

"地球还在吗？"

没有人回答他。双子星号不能理解这样的问题。

宇宙正在冷下来，马力七十五想。可能在很小很小的时候，他曾经上过这样的课，虽然不记得任何更多的内容。他只知道，宇宙是会冷却的，当所有的星星耗尽了燃料，它们会冷却下来，星星失去活力，而宇宙失去光亮。这样的图景在书上重复一百遍，听起来很让人绝望，然而人们并没有多少忧虑——数以亿计的时光对于一百年的生命毫无意义。马力七十五却发现双子星号正用一种奇特的方式在他有限的生命里展现宇宙不可挽回的颓势。哪怕上亿年的时光，也只是昙花一现。

马力七十五停留了一整天，然后继续上路。

枯燥的旅途失去了最后一点乐趣。马力七十五把一切都交给了双子星号，他所做的一切就是睡觉和吃饭，以及看一眼窗外的黑暗。

双子星号的效率在下降，每一次弹跳之前的震颤在加剧。毫无感觉，渐渐的细微颤动，蜂鸣，急剧震颤……飞船用无声的语言告诉马力七十五它正在老去。

马力七十五并不焦虑。这样的情形随时可能让他送命，然而他没有任何办法补救。

双子星号仍旧按照设定的程序不断往前。马力七十五坦然地等待着随时可能到来的崩溃。

"记录时间。"他给双子星号下达了新的指令。

两个简单的数字被显示在屏幕上。

二百四十八，这是飞船走过的年份，以亿年为单位。飞船跳跃十多次，数字会增长一。

一万四千五百八十八。这是飞船进行跳跃的次数。

这样，即便飞船最后崩溃，他也可以知道到底走出了多远。

马力七十五陷入沉睡的时间越来越长。很多时候，他醒来，甚至不吃任何东西，只是看一眼数字，就继续倒头沉睡。他想自己一定是患上了某种疾病，这未尝不是好事，他的食欲也大大减少，降低了被饿死的风险。

睡眠中偶然会有梦。马力七十五梦到一个巨大的光球，他站在光球下，是一个黑色影子。影子拖得很长。他向着光球走去，走去……尖利的声音打断了梦境，双子星号发出警告。

屏幕上有些东西，当马力七十五看清楚那是什么，昏沉沉的头脑马上清醒过来。

一艘飞船。那居然是一艘飞船！

这是一艘巨型飞船，它挡住双子星号的飞行轨道，迫使双子星号停下。它比马力七十五想象的还要大，双子星号靠上去之后，马力七十五才明白自己来到了一个什么样的所在——飞船就像一个星球，而双子星仿佛一粒微尘。飞船降落，下边是黑色而粗糙的表面，仿佛广袤无边的大地，微弱的光线从巨型飞船的某些位置散发出来，让整个大地显出淡淡的金属光泽。

马力七十五突然有一种踏实可靠的感觉，仿佛回到了地球的土地上。一道裂口缓缓打开，无形的力量牵引着双子星号降落到一片灿烂的光里边。双子星号被送进飞船内部。

一个机器爬上了双子星号。它转过整个船舱，用一种蓝色光线到处照

215

射，最后停留在双子星号主机边，改用红色光线照射。很快，它到了马力七十五面前，用一种很奇特的声音说话，那声音仿佛就在马力七十五的头脑里。

"你的旅行目的地？"

"我在追捕一个逃犯。"

"逃犯？你是说一个同伴？"

"就算是吧。"

"基地认为你的飞船不适合继续进行时空跳跃。你是否愿意生活在基地？"

"基地？这里？"

"是的。"

一个全息投影出现在马力七十五面前，他仿佛正从半空中鸟瞰一个城市，绿树成荫，繁花似锦。马力七十五看见一个人，还有一条狗，正在嬉戏。

"你来自一千多亿年前的某个文明，这是你们的生活区。你可以选择在这里生活。"

"有人在这里？"马力七十五感到一阵欣喜，又马上冷却下来。他看清了那个人。他头部膨胀，仿佛一个巨大的蘑菇；脸色血红，没有鼻梁，只有两个孔洞；嘴唇收缩，只是一个小孔；耳朵萎缩，只剩下一个小小的突起。他的眼睛向外鼓起，眼睛转动，仿佛机警的变色龙。

"你是说我和他是同类？"

"是的。"

马力七十五沉默一小会儿："这里到底是什么地方？"

"这里是终结之地，所有的时空螺旋汇聚之处。"

"这就是世界末日？"

"宇宙还有很长的寿命。终结的意思是，所有的时空轨迹都会被扭转到基地控制范围内。"

"你们能控制整个宇宙？"

"不是这样。此刻的宇宙和一千多亿年之前完全不同，它要小得多。"

"小得多？"马力七十五有些疑惑，突然间他意识到另一个问题，"你是说一千多亿年？"他看着飞船显示的数字，那明明白白地显示二百四十八。"我的飞船告诉我，我只走过二百四十八亿年。"

"你们的飞船质子丰度显示它距离此刻的时间是十亿六千六百万分之一的质子半衰期。用你们的时间计算是一千亿年，误差不超过三十亿年。"

"那么我的机器出了错？"

"对时空跳越的飞船来说，时间紊乱是必然。跳跃飞船的计时器过于原始。"

一千亿年！这个天文数字并没有激起马力七十五太多的想象。当时间超越了某个限度，就成了一个抽象数字，没有太多的含义。

"你们又是谁？在干什么？"

"基地代表文明。你们的世界里，宇宙里有许多文明，彼此隔离。此刻，只有一个基地，所有的文明都在这里，是智慧生命的最后家园。两千万年前，宇宙尺度缩小到合适范围，仲裁者决定启动时空拦截。所有经过基地的时空轨迹都会被拦截下来，强制回到正常时空。"

"拦截时空轨迹？"马力七十五有些似懂非懂，"为什么？"

"旅行者只是需要一个家园，他们再也回不去从前的文明，但是基地收容他们，给他们一个家园，大体和原来的文明类似。"

"有很多旅行者？"

"平均一年会有一个，基地累计拦截了两千万个。大部分已经死亡，此刻有三十二万五千个仍旧活着，史前文明的旅行者寿命都很短，高级智慧生命从不进行时间旅行。"

"为什么？"

"这毫无意义。"

马力七十五沉默一小会儿。机器的说法是对的，这样的旅行毫无意义，只有被创造伟大奇迹的非理性支配了头脑，才会做出这样的决定。那个梦想着创造伟大壮举的疯子又在哪里？

"有和我一样的飞船吗？和我使用同样的语言，飞船叫作奥德赛号。"

"有。"

马力七十五一阵欣喜，有些迫不及待："在哪里？带我去见他！"

"不行。奥德赛号在两百七十四万年前已经抵达。"

马力七十五仿佛掉进了冰窟了。两百七十四万年！人连零头的零头都活不到。他感到手脚一阵发凉，身子发软。

机器闪过一道红光，继续说："奥德赛号没有留下。它继续向前弹跳。"

"你说什么！"马力七十五挺直身体。

"他说……"机器突然之间转变了声音，"嗨，伙计。咱们还没完。来吧！"千真万确，那是卡洛特的声音。

"这句留言留给问起奥德赛号的人。留下声音的人……"

机器继续说，马力七十五却什么都没有听进去。是的，卡洛特来过，到了这里，而且继续向前。他没有停下，也不打算停下，直到时间的尽头。马力七十五的头脑一片空白，满是狂乱的欣喜，当他从迷失的状态恢复过来，发现自己居然在掉眼泪。

他不需要其他选项。

向前，向前，向前。

马力七十五继续一个人的漫漫征途。

终结之地的机器帮助他修复双子星号，甚至彻底改装了它。它们也用一种药丸似的营养剂给马力七十五补充食物，据说可以让他吃一百年。

一千六百四十五。

机器屏幕上显示这个数字。这应该是一个正确的数字，终结之地的机器给双子星号安装了另一种计时器。

马力七十五望向窗外，窗外一片白蒙。

宇宙正在逐渐亮起来。最初的时候，那是隐约的黑光，后来，是黯淡的红光，每一次跳跃，宇宙都会变得更亮一点。此刻，外边是一片白蒙，就像清晨多云的天空。宇宙正快速地收缩，散落的辐射重新汇聚，温度在升高。这是跨向终点的预兆。马力七十五非常感谢终结之地的那些机器，它们预料到这点，让双子星的外壳能够抵抗强烈的辐射，它们也警告马力七十五，谁也无法预期最后的情况会变得怎样，可能没有抵达时间终点，飞船就已经在辐射中分崩离析。

"双子星号这样大小的飞船，只能前进到最后时刻的前十五个小时，如果奥德赛也抵达了时间终点，你可以在那个时间找到它。然后，你们能继续存在三个小时。再往后，物质和能量的界限会被打破，有序结构消

失，生命也不可能存在。"机器是这么告诉他的。

每一个跳跃暂停时刻，他都可以进行选择。他的生命不过百年，只要愿意，可以随时停下来，任由双子星号飘荡，然后慢慢老去，安然死去。宇宙虽然也在死亡，然而对于每一次暂停，宇宙仍旧仿佛永恒。

马力七十五望着白蒙蒙的世界。没有人，没有飞船，没有恒星发亮，也没有多彩星云，只有无数的黑洞隐藏在光亮背后。终结之地呢？虽然机器并没有提出那个庞大基地的最终计划，马力七十五猜想那基地可能已经湮灭。当那些比人类高级得多、聪明得多的存在，不能拦截到任何时空轨迹，给那些迷失的旅行者提供出路时，也就失去了存在的意义。

如果留下，就应该留在终结之地。既然前进了，就走到底，做完自己的事。

每一次马力七十五都这么鼓励自己。这一次，这个理由仍旧合适。

他继续向前跳。

窗外的光变得更亮，金灿灿地晃眼。双子星号发出警报，跳跃程序中断。他们撞在了时空尽头的墙上。

没有奥德赛号。

但下一秒，奥德赛号神奇地出现在双子星号前方。

马力七十五发出通讯请求。他等待着。

"这是奥德赛号……"他听到了来自奥德赛号的反馈。

卡洛特已经死了！马力七十五几乎不敢相信自己的耳朵。

他不但已经死了，而且死了很久。离开终结之地之后，他只向前跳跃了三百亿年。后边的旅途是由奥德赛号根据卡洛特最后的指令独立完成的。

马力七十五感到心力交瘁，他没有想到竟然是这样的结果。

只剩下最后的三个小时，他决定去奥德赛号上看看。

对接完成，他飘进奥德赛号的船舱。船舱里很冷，隔着宇航服，他仍旧能够感受到凉意。船舱几乎和双子星号一模一样，卡洛特安静地坐在座椅上。他很安详，仿佛仍旧活着，只是睡了过去。在终结之地，他已经得了严重的放射病，却仍坚持继续向前。他知道自己恐怕不能实现愿望，于是开始录制影像。

马力七十五飘过去，在副手的椅子上坐下，用安全扣把自己固定起来："好了，开始吧。"

卡洛特的头像出现在屏幕上，他挤眉弄眼。

"戴维，你把所有的钱都输给了我，可能觉得很不爽，但是这很值。这些钱都转移到了孩子的教育上，至少有三千多的孩子因为你而受益，他们会感谢你。另外，你也太胖了，穷一点有助于你减肥……"

马力七十五记得这个案子，这是卡洛特所有罪行中很小的一桩，但可能是他的第一个案子。

"马格力太太，你是一个好人，也许你不知道是我帮你打赢官司，让你免去坐监狱的烦恼，但你一定知道，除了那套房子，你什么都没剩下，全部进了律师的腰包。那个律师就是我。我真是太可耻了，居然要挣一个老女人最后维持生活的钱。但那个时候我真是太穷了。后来我去找过你，可是你已经死了。你在天国对我进行抱怨也是有道理的，可惜我肯定要下地狱，虽然很想说一声对不起，但恐怕也没有机会……"

卡洛特似乎在进行一生的回顾，他不仅谈论马力七十五所知道的案子，还有大量马力七十五根本不知道的东西。马力七十五似乎在听一个人自述生平事迹，评说人生经历。

屏幕上卡洛特眉飞色舞，绝不像一个重病在身的人。

宇宙烈火熊熊。马力七十五安然坐着，耐心地听着录音。

三个小时很快过去，留言也到了最后。

留言的最后是给他的。

"可爱的警察，也许你是唯一一个能听到我遗言的人。如果你听到了，很高兴你能追上来。很抱歉，把你拉下水。我以为我是最疯狂的人，没想到你比我还要疯狂。老实说，可能我们是同一类人，很高兴能有你做伴。"声音停止了，马力七十五伸手去触摸屏幕，突然间声音又冒出来，"对了，最后补充一句，如果你想逮捕我，那就动手吧。我不会再跑了。"声音沉寂下去，再也没有响起来。屏幕上卡洛特的影像凝固，嘴角带着一丝微笑。

马力七十五伸手从裤兜里拿出一副小巧的手铐，俯过身，他铐住卡洛特的手，另一端铐在自己手上。

突然，他看见卡洛特的左手握着一只镯子。那是女人的用品，花纹很特别。卡洛特想起在出发的招待会上，那个女记者头上的钗子，他想，这镯子和那钗子是配对的。

他没有听到留言中有任何关于这镯子的事。卡洛特说了三个小时，他说了很多故事，还有更多的故事没有说。但在这时间的终点处，一切故事都将被消灭掉。

马力七十五坐直身子。他看着外边，金灿灿的宇宙无比辉煌。也许在下一瞬间，一切都会湮没。他没有明天，然而此刻，他感到无比平静，仿佛通达了整个宇宙。屏幕上，卡洛特正向他微笑。

他也露出一个微笑。

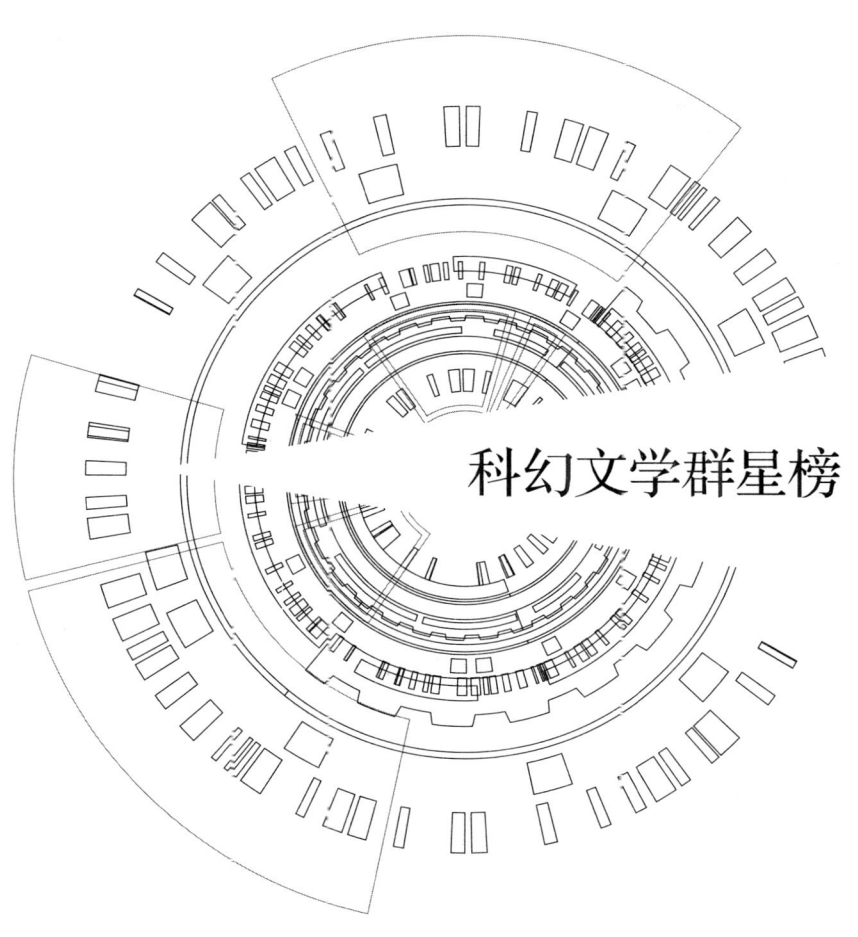

科幻文学群星榜

科幻文学
群星榜
出版书目

序号	作者	书名
1	郑文光	侏罗纪
2	萧建亨	梦
3	刘兴诗	美洲来的哥伦布
4	童恩正	在时间的铅幕后面
5	张静	K 星寻父探险记
6	程嘉梓	古星图之谜
7	金涛	月光岛
8	王晋康	生死平衡
9	刘慈欣	纤维
10	潘家铮	子虚峡大坝兴亡记
11	韩松	青春的跌宕
12	星河	白令桥横
13	凌晨	猫
14	何夕	异域
15	杨鹏	校园三剑客
16	杨平	神经冒险
17	刘维佳	使命：拯救人类
18	潘海天	饿塔
19	拉拉	永不消逝的电波
20	赵海虹	月涌大江流
21	江波	自由战士
22	宝树	人人都爱查尔斯
23	罗隆翔	朕是猫
24	陈楸帆	动物观察者
25	张冉	灰城
26	梁清散	欢迎光临烤肉星
27	七月	撬动世界的人于此长眠
28	杨晚晴	天上的风
29	飞氘	讲故事的机器人
30	程婧波	第七种可能
31	万象峰年	点亮时间的人
32	长铗	674 号公路
33	迟卉	蛹唱
34	顾适	为了生命的诗与远方
35	陈茜	量产超人
36	刘洋	单孔衍射
37	双翅目	智能的面具
38	石黑曜	仿生屋
39	阿缺	收割童年
40	王诺诺	故乡明
41	孙望路	重燃
42	滕野	回归原点